T[illegible]END & BUTTERFLY

ノベライズ／矢野 隆
映画脚本／古沢良太

角川文庫
23465

一

蒼天《そうてん》に地黄《じおう》の旗がひるがえる。その中央に染め抜かれた織田木瓜《おだもっこう》が、眩《まぶ》しい陽光を受けて輝いていた。

隅々まで清められた平城《ひらじろ》の方々を、男たちが忙《せわ》しなく駆けまわっている。城外ではすでに、客の受け入れを待つ態勢が整えられようとしていた。

尾張《おわり》、那古野城《なごやじょう》は朝から喧噪《けんそう》に包まれていた。

「速やかに配置につけいっ！」

男たちのなかでもひときわ見栄えのよい者が、馬上から叫ぶ。その声を聞いた男たちが、開かれた城門の左右に一斉に並んだ。

門の向こう。

はるかな地平に何かが現れた。

騎乗の男たちに囲まれ、漆黒の輿《こし》がやってくる。

蝶《ちょう》を乗せて……。

＊

慌ただしい。

織田三郎信長《さぶろうのぶなが》は、周囲に侍《はべ》る男たちを見ながら心の内でつぶやいた。

眼前にある鏡に、己の顔が映っている。大袈裟《おおげさ》なくらいに化粧がほどこされていた。嬉々《きき》として筆を持つ男に、信長は威厳を込めた声を投げる。

「犬、眉《まゆ》が太すぎる。さりげなくじゃ」

「は！」

主《あるじ》の眉に筆を走らせている前田犬千代《まえだいぬちよ》が威勢の良い声で答える。それを聞いた信長は、今度は己《おの》が頭へと目を移した。

「勝三郎《かつさぶろう》、もっと高《たこ》う、大きゅう巻き上げよ。毛先を散らせ」

「は！」

額に汗を浮かべながら主の髪を結い上げる池田《いけだ》勝三郎が、犬千代に負けぬ声で言った。

今度は腰だ。

「橋介《きょうすけ》、帯はつまらんな。縄にせよ」

「は！」

答えたのは長谷川橋介《はせがわ》だ。

いずれも心置きなく話ができる家臣たちである。信長がまだ悪童であったころ、主も家臣もなく共に城下を練り歩いていた仲間たちだ。気儘《きまま》な格好で街をぶらつき、大声で騒ぎ、他の悪童たちと喧嘩《けんか》をし、遊び回った仲である。

うつけ者。

そのころ、城下の者たちが信長のことを陰でそう呼んで蔑《さげす》んでいたのは知っている。織田家の嫡男でありながら、無頼気取りで放蕩三昧《ほうとうざんまい》に明け暮れる信長のことを、一人前の侍と見る者は城下にはいなかった。

ここにいる仲間たちだけが、若きころの信長の鬱屈《うっくつ》をわかってくれている。

眉を描き終えた犬千代が、眉根に皺《しわ》を刻みながら口を開く。

「いっそ頬に刀傷を書《け》てはいかがでしょう。勇ましゅう見えますわ！」

「いらん」

「は！」

短い答えが返って来る。長々と言葉を連ねて、答えを先延ばしにする者が、信長は嫌いだった。その辺りのところを、犬千代たちは十分に弁《わきま》えている。だから、くどくどと弁解や言い訳を述べはしない。

ひと通り支度を終えた信長は、両腕を広げ、己の姿を三人に誇示しながら問うた。

「どうでぁ。今日のわしは」

「今日も惚《ほ》れ惚《ぼ》れ致しますわ！」

犬千代がすかさず言うと、勝三郎が続く。

「いまめかしゅうごぜぁます！」

「震え上がるほどでごぜぁます！」

最後に答えた橋介の言葉を聞いた刹那《せつな》、信長は片肌を脱いで肩を見せる。

「……あえて、こう」

三人がどっと沸いた。

「おお！　めまぇが！　めまぇがする！」

額に手の甲を当てつつ犬千代が吠《ほ》えると、己が体を両腕で抱くようにして、橋介が身をよじらせて声を上げる。

「抱かれたなりますわ！」

勝三郎が何度もうなずきながら続く。

「向こうも一目で腰砕けになりましょう！」

我が事のように喜ぶ三人を掻《か》き分けるようにして、消えない眉間《みけん》の皺をいつもより も深く刻んだ老人が現れ、信長の前に平伏した。

「参《めえ》られました」

守役《もりやく》の平手《ひらて》政秀《まさひで》は、若者たちの喧噪《けんそう》など、知ったことではないという風情で、淡々と言った。政秀は、父が幼い信長に城と共に、家臣として与えた男である。信長を織田家の惣領《そうりょう》として育てるべく、守役として長年懸命に働いてきた。その堅苦しさが、信長はどうにも苦手である。

堅物の話を、静かに聞いてやる余裕はない。気付けば駆けだしていた。そんな主を追うように、犬千代たちも駆ける。

「退《ど》け退け退けっ！」

何事かと驚きの眼差《まなざ》しを向けてくる廊下の家臣たちを手で押し退けながら、信長は本丸屋敷を出て廓《くるわ》内を駆ける。目指す先には、この城で一番高い櫓《やぐら》があった。

我先にと梯子《はしご》を登る。

腰までの壁から身を乗り出すようにして、城外に見える行列をにらむ。

中央に黒塗りの輿が見える。

あのなかに……。

己の妻となる者がいる。

激しく打つ鼓動を胸に、信長は悠然と進む輿だけを見つめていた。

朱塗りの器に静かに酒がそそがれてゆく。

信長は喉《のど》が鳴るのを悟られまいと、できるだけゆっくり口中の唾《つば》を飲み込んだ。

隣に女が座っている。美濃《みの》から来た女だ。

過日の父との会話が、脳裏に蘇《よみがえ》る。

「御主《おぬし》だけに申しとく……。病《やめあ》を得とる。──どうも悪《わり》ぃ。長《なご》ねぇかもしれん」

「そうは見えませぬ」

「見えんようにしとる」

「……」

「わしが死ぬとせぁが、この尾張は混乱する。その機を見逃す隣国のマムシだねぁ……。いま、手を打たんならん……。和議を結ぶことんした」

「……」

「息子よ。美濃、山城守《やましろのかみ》殿の娘がおめぁの妻だ」

「おやじさま……」

「言うなっ。マムシの娘などと言われとるが、母親はええとこの家系だで。気立てよう、しとやかな良妻となるに違ぁねぁ！」

「……」

「尾張の安寧《あんねい》は御主にかかっておる。姫をよういたわれ。子を作り、両国の絆《きずな》を強めよ」

信長に否応《いやおう》はなかった。

隣国美濃の主、斎藤道三《さいとうどうさん》は父の長年の宿敵である。何度も刃《やいば》を交え、いまだ決着はついていない。

それなのに。

父は死の病に蝕《むしば》まれているという。道三との決着がつかぬまま、病によって死ぬのだという。

だから美濃と和睦《わぼく》する。それが、今度の両家の婚姻なのだ。

心底から納得している訳ではない。気に喰《く》わない。父が死ねば、信長が織田家の当主となるのだ。父は信長では道三に勝てぬと思っているのか。息子が跡を継げば、尾張はマムシに呑《の》まれてしまう。それを恐れたからこそ、父は今度の婚姻を急いだのだ。

そんな縁組など……。

胸を刺す痛みとともに隣を見る。

マムシの娘。

喉が鳴った。

「それでは信長様から」

神主の声が目を覚まさせる。

信長は教えられたしきたり通りに、三々九度を終えた。

「見ましたぞ、見ましたぞ。大殿の言やーした通り、どえらぁ美人な姫様でござらっせるわ！」

橋介が上擦った声で言った。

鼻息の荒い三人に守られながら、信長はマムシの娘こと、濃《のう》の待つ部屋へと急ぐ。

「マムシの娘とは思えん！　うらやましいのう、若！」

心中に湧き上がる熱き想いを抑えられぬように、勝三郎が肩を上下させながら言った。

「我が目に狂いなくば、乳房、大なり！」

手を己《おの》が胸の辺りに置きながら犬千代が叫ぶ。

思わず口の端が上がるのを、信長は抑えられない。

「はしゃぐな、はしゃぐな」

三人に言いながら、その実、己に言い聞かせている。

しょせんは政略での婚姻だ。

好いた惚れたの間柄ではないのである。父同士が決めた縁組に、過剰な期待などしてどうする。

思いながらも……。

逸《はや》る足をどうしようもなかった。

「もっとぎょうさん注げ」

二人きりである。

掲げる盃《さかずき》がかすかに揺れていた。信長は盃を持つ己が腕に力を込めて、震えを押し殺しながら、側に控える濃の方を見る。

無言のまま、濃は目の前に掲げられた盃に酒を注ぐ。長い睫毛《まつげ》の奥に見える、伏せてもなおつぶらな瞳《ひとみ》に、情の閃《ひらめ》きはうかがえない。祝言の時より堅く結ばれたままのふくよかな唇は、開く気配すらなかった。

部屋のなかには香が焚《た》きしめられ、甘い匂いが酒の香りを封じている。部屋の外には犬千代たちとともに、濃の侍女たちが控えていた。皆が気配を押し殺しながら、二人の仲、ひいては両国の平穏を願っている。

なみなみと酒が注がれた盃を前にして、濃が信長を見ていた。

咳払《せきばら》いをひとつして、盃を引き寄せ口を付ける。ここまで来ると、さすがに酒の饐《す》えた匂いがした。

実は苦手なのである。

犬千代たちの前でも豪快に飲んでみせてはいるが、どれだけ飲んでもあの味と、喉に流し込んだあとにせり上がって来る酒気が好きになれない。

が……。

弱気なことを言ってなどいられない。ここで夫として、男としての威厳を見せつけなければ舐《な》められてしまう。

盃を一気に傾け、口中へと流れ込んでくる酒をぐいぐいと喉の奥へと押しやってゆく。

完飲。

「げほっ！　げほっ！」

酒気に押されて激しい咳が止めようもなく口から溢《あふ》れだした。それと同時に、顔がぽっと熱くなる。

これ以上飲むと……。

危うい。

信長はおもむろに盃を投げ捨て、濃に声を投げた。

「肩を揉《も》め」

濃が目を伏せたまま背後に回る。

喉が鳴りそうになった。信長は背筋を伸ばして鼻から息を吸い、なんとか堪《こら》える。

濃の指が肩に触れた。肉を押す指が、犬千代たちより柔らかいのか、揉まれていないような気がする。

「弱い。もっと強う揉まんか」

声に厳しさを孕《はら》ませながら、信長は言った。

わずかに指に力が籠《こも》ったが、まだまだ足りない。

「もっとじゃ」

今度は怒りを込めてやった。

本当は怒ってなどいない。少し怯《ひる》ませることで、これから夫となる者がどういう男かということをわからせてやるのだ。

夫婦ははじめが肝要……。

果たしてあれは誰に聞いた言葉であったか。思い出せないが、とにかくその言葉だけははっきりと覚えている。

肩に触れた指が動きを止めた。

「なにゆえでござりましょう」

濃の声をはじめて聞いた。

涼やかで、甘い響きのある声。

嫌いではない。

信長は素直にそう思った。

だが、その好ましい声に乗せられた言葉の意味は理解できなかった。

「ん？」

「なにゆえ、わらわが酒を注ぎ、おまい様の肩と足を揉むのでござりましょうか」

「そなたはわしの妻だからじゃ」

当たり前の答えを、当たり前に言ってやった。

「お疲れでござりますか」

即座に濃が返してくる。

「わしか？　疲れてはおらん」

肩越しに見据えながら、即座に答えてやった。

いったい、濃は何を言いたいのであろうか。信長には濃の意図がさっぱり理解できない。

妻が夫に酌をして肩を揉むのは当たり前ではないか。何が不服だというのか。

そんな信長の想いなど悟れるわけもなく、濃は真っ直ぐ信長を見据えながら言葉を重ねる。

「さもあり。長旅で疲れとるのはわらわでござります。ならばわらわにも酒を注ぎ、足の一つも揉んでやろうと思し召《おぼめ》すのが妻への思いやりなるものではございますまいか」

「わしはそんな軟弱な男ではねぇ」

馬鹿にするな。とまでは、さすがに声にはしなかった。

濃の細い眉《まゆ》が吊《つ》り上がる。

「妻をいたわることの何が軟弱であるか。わしは、分《ぶん》をわきまえんおなごは嫌いじゃ」

「気ぃつけてものを申せ。わしは、分をわきまえんおなごは嫌いじゃ」

「わらわも、愚かな殿方は嫌いでございます」

なんと。

言うに事欠いて、これより夫なる男を嫌いだと濃は言い切った。

こんな生意気な女は見たことがない。

信長は起き上がり、怒りに任せて吐き捨てる。

「躾《しつけ》も作法もなっとらんな！」

「躾も作法もなっとらんのはおまい様じゃ！」

間髪を容《い》れぬ反撃である。

「わしのどこが……」

信長の方が口籠ってしまった。

「その格好《しこ》はなんであるか！　みっともない！」

「こ、これは、いまめかしいいでたちじゃ！　美濃の田舎者にはわからん！」

「飲まれん酒を格好つけて飲み干いて吐き散らし、まるでわっぱじゃ。ただのわっぱ！　醜し！」

わっぱ……。

これほどまでに完膚無きまでに悪態を吐かれることなど、生まれて初めてのことだった。城下の者たちから陰でうつけと呼ばれていたことも、母が己を厭《いと》うていることも知ってはいたが、目の前に立った者は一人として、信長を悪しざまに言うことはなかった。

体が怒りで震える。目の奥が熱くなる。考えるより先にかたわらの太刀に手が伸びた。

「手打ちにできるもんならしてみるがええ！　我が父が大軍を引き連れ、この城へ攻め込んでくるに！」

柄《つか》を右手で握りしめる。

「わしと我が父が返り討ちにするわ！　そんで美濃に攻め込み征伐したるわ」

「笑止千万！　おまい様の父上は我が父に敗北したのをお忘れか！」

太刀を前にしても濃はいっこうに怯まない。それどころか、斬ってみろと挑発するように身を乗り出してくる。

刃を抜いて斬ってしまえば終わり。そう思いながらも、信長は柄を握りしめたまま、言葉を吐いた。

「美濃のマムシは尾張の脅威にこれ以上耐えられんもんだで、そなたを人質として寄こしたんじゃろが！」

「さにあらず！　尾張を攻め落とすためにこそ、わらわが送り込まれたのじゃ！　おぬしらはもうすぐ我が父の軍門に降ると心得よ！」

「言うたな！　そは謀反じゃ！」

太刀を抜いた。

威《おど》しのつもりだった。

斬り捨てるつもりなど毛頭ない。刃を見せれば、強情もすこしは収まるかと思っただけだ。

だが濃はそんな女ではなかった。

太刀を抜いたことまでは信長も覚えていた。が、次の瞬間、太刀は手から捥《も》ぎ取られ、視界が激しく回転して、床に顔を押し付けられてしまった。体が思うように動かないあたりで、信長は己がどういう体勢になっているかに気付いた。

組み伏せられた。そう思った刹那《せつな》、足首の辺りに激しい痛みが走った。

「ああっ！　うわぁぁっ！」

思うより先に声が口からほとばしる。生きるために体が必死に叫んでいた。棒のように伸びた脚を、濃がじりじりと締め上げる。太腿《ふともも》の奥で鈍い音が鳴り、肉を伝って直接耳の奥へと伝わる。

「うぐわぁぁぁっ！　折れる折れるっ！　殺されるっ！」

声は外へと届いているはず。なのに犬千代たちが助けに来ない。

＊

「ああ〜！　うわあああ〜！」

部屋のなかから聞こえてきた信長の声を、襖《ふすま》一枚へだてた前室で両家の者たちが聞いていた。織田家は平手政秀以下、犬千代ら若き面々が揃い、斎藤家は福富平太郎貞《ふくずみへいたろうさだ》家《いえ》をはじめとした男たちと、各務野《かがみの》を筆頭にした女中が同席している。

咳払《せきばら》いをひとつして、貞家が正面に座る白髪頭に問いを投げた。

「平手殿、若殿は、よう声をおあげんさるほうでござるか？」

眉をひそめた平手が、犬千代たちに視線を投げた。犬千代が鼻をこすりながら答える。

「……案外《あんげあ》、敏感でござらっせる」

「攻めらるるとお弱《よえ》え」

橋介が受けると、勝三郎が女中頭を見ながら口を開いた。

「姫様は……その……激しいほうでござらっせるきゃ？」

問いを受け、女中たちがいっせいにうなずいた。そして、瞳《ひとみ》に真剣な光をたたえながら、各務野が答える。

「かなり」

「……ええなあ」

犬千代がぼんやりと口を開きながらつぶやくと、ひときわ大きな信長の声が襖を突き破るようにして聞こえた。

「ああぁ〜！　折れる折れる！　殺される！」

「ええなあ」

犬千代の声と同時に織田の若き男たちの喉《のど》が、大きく上下した。

＊

もしかしたら……。

睦《むつ》み合っていると勘違いしているのではないのか。

馬鹿を言え。

こんなに苦しい睦み合いがあるものか。

犬千代たちにわかるように部屋の外へと叫んだ。

「何しとるっ！　出会え！　出会えっ！」

さすがに気付いた犬千代たちが、襖を開いて駆けこんでくる。

「わ、若っ！」

「姫！」

斎藤家の侍である貞家が叫ぶ。

「折れる！　折れて……！」

誰でも良いから助けてくれ。そんな思いで発せられた信長の言葉を、濃の威勢の良い声が掻《か》き消す。

「足を揉《も》んでさしあげよるところじゃ！　これでご満足か！　まっと強うか！　まっとか！　どうじゃ！」

ぐいぐいと足が締め付けられる。根元から捥ぎ取られてしまいそうだった。

信長は命の限り吠《ほ》えた。

「討て！　このおなごを討て！」

たまらず各務野が濃へと駆け寄り、その手をつかみながら叫ぶ。

「お待ちを！　お待ちを！　姫、やめてくんさい！　離してくんさい。こらっ、姫、だしかんてっ！」

脚を取ったままぐいぐい締め付ける濃は、各務野の声を聞きもしない。女中頭はたまらず主《あるじ》の尻《しり》を叩《たた》きだす。

「こらっ！　だしかんてっ！　姫っ！　やめてくんさい！」

ぺんぺんぺんぺん……。

睨《にら》み合う男たちの剣呑《けんのん》な気配をかえりみず、乾いた音が室内に響く。

「姫っ！」

ぺんぺんぺん。

叩かれている濃は、信長を締め上げることに必死で、まったく動じていない。

「殿のお下知《げじ》でぁ！　斬れっ！」

堪《こら》え切れなくなった犬千代が、腰の刀に手をかけながら叫ぶ。すると、その前に一人の武士が立ち塞《ふさ》がった。

貞家である。

「抜かば斬るっ！」

貞家が犬千代を見据え、重い声を吐いた。

「やってみよ！」

犬千代たちも退《ひ》かない。

そこへ白髪の家老、平手政秀が、尾張と美濃の侍たちの間に割って入る。

「ならん！　ならん！　双方収めよ！　収めよ！」

目を血走らせた老人が、斬られても構わぬという形相で男たちを睨みつける。

「今宵は婚礼の夜であるぞっ！　これ以上事を荒立てて破談にでもなれば、お二人の父上方にどう申し開きいたすつもりかっ！」

一歩も退かない政秀を前に、男たちは刃を収めるしかなかった。


「と－んでもねぇ姫だがや！　まさにマムシが放った刺客だて！」

怒りが収まらぬ犬千代の暴言を、信長は自室で聞いている。もはや一刻たりとて濃の部屋に留《とど》まるつもりはなかった。

犬千代の怒りを勝三郎が受ける。

「これが三度目の婚姻。前《めあ》の夫、土岐頼香《ときよりたか》、その前の夫、土岐頼純《よりずみ》、どちらも奇怪《きけえ》な死い遂げとるげな！」

勝三郎が言う通り、信長は濃にとって三人目の夫であった。前の二人はすでにこの世にいない。いずれも突然の死であったらしい。

「噂通りあの姫がやったんだわ！　若、もうあの姫に近づいてゃかんですよ！　若にはわしらぁがおりますで！」

橋介が叫ぶと、三人がいっせいにうなずいた。

上座にあぐらをかいて、信長は三人のむこうの虚空をにらむ。

闇のなかに濃の顔が浮かぶ。

「おなごマムシが……」

怒りに声が震える。

散々な初夜であった。

二

鳥が鳴いた。

濃はしずかに目を開く。

障子戸のむこうが薄藍《あい》に染まっていた。じきに夜が明ける。

尾張に来て三年。

一人で朝を迎えることには慣れた。

前年、織田家の惣領《そうりょう》であった義理の父が死に、夫である信長はその座を継いだ。織田家の惣領の妻となっても、濃の暮らしはなんら変わりがなかった。

目を覚ますとすぐに身を起こす。布団のなかでまどろむというような悠長なことは嫌いだった。

人はいずれ死ぬ。生きていられる時は限られているのだ。

無駄な時など一瞬もない。

立ち上がるとすぐに布団を畳み、寝間着を脱いで一人で身支度を整える。鏡の前で髪を結い直していると、いささか寝惚《ねぼ》けていた頭もすっきりと澄み渡っていく。

部屋を出て土間に向かう。

竈《かまど》の上の釜《かま》を手にして米を炊く支度をしようとするころになると、各務野をはじめとした侍女たちが慌てて起きてきて、濃の手から釜を奪って支度をはじめる。当然のようにその輪に加わり、ともに朝餉《あさげ》の準備をする。主も従もない。一人でも多いほうが、支度を早く終えることができる。ただそれだけのことだ。上座にふんぞり返っているうちに、なにもかもが整っているような暮らしなど、怖気《おぞけ》が走る。

己はマムシの子……。

濃にとって、それは誇りであった。

父は一介の油商人であった祖父とともに、美濃で伸《の》し上がり、守護を追放して大名となった。マムシと悪しざまに罵《ののし》られながらも、父は己の手で全てをつかみ取ったのだ。

自分もそうありたい。

濃は心からそう望む。

女に生まれたことが、濃には耐えられない。何故、他家へ嫁がねばならぬのか。何故、夫に尽くさなければならぬのか。女だというだけで、濃は逆立ちしても父と同じような生き方は望めないのだ。

男ならば、父とともに戦場を駆けまわれるものを……。

濃が男だったら、尾張などに好き勝手はさせない。信長など、父とともに叩き伏せてやる。

我が夫すらも、濃にとっては仮想の敵であった。

男ならば……。

身震いするほどの悔しさに濃は日々堪えている。堪えながら、女である我が身とともに生きていた。

支度を終えたらすぐに飯を食べる。その後は、平家物語《へいけものがたり》などの書物をひもとき、知見を広める。

時が足りない。

いつもそう思う。

書見が終わると、今度は庭に出る。日々の行いであるから、女中たちも動じない。

庭に出ると、そこからは福富貞家たち武士の領分である。

懐剣を模した木刀を逆手に持って、剣術の師範を相手の稽古《けいこ》であった。

体を動かすことが好きだ。己よりも腕の立つ者を相手に一心不乱に木刀を振っていると、なにもかも忘れて無心になれる。

女であることで、出来ないことがあるのが嫌だった。

男勝りだと言われようと、知ったことではない。国敗れ、燃える城のなかでさめざめと泣きながら喉《のど》に刃を突きたてて死ぬつもりはなかった。死ぬのなら、最後の最後まで、刀を振るい、戦って死にたかった。

「お見事っ！」

師の振るった木刀を掻い潜《くぐ》り、逆手に持った切っ先を喉元に突き付けると同時に、見守っていた貞家が言った。

自然と口許《くちもと》がほころぶ。

上手《うわて》の相手から一本取ると、言いようのない喜悦が背筋を駆けのぼる。その一瞬が、濃はたまらなく好きだった。

「っ！」

濃を見ていた貞家が、いきなり片膝《かたひざ》立ちになった。その隣に立っていた各務野も、腰を落として頭《こうべ》を垂れた。喉元に切っ先を突き付けられていた師もまた、濃と間合いを取って片膝立ちになる。

現れた気配の群れに濃は立ったまま目をむけた。

「これほどの鷹《たか》は、おのしの父上も持っとれせんだろう！」

くの字に曲げた己の腕に爪を突きたてる鷹を見せびらかすようにしながら、夫が近づいてきた。後ろにいつもの面子《メンツ》を従えながら、得意げである。

たしかに身事な鷹である。

が……。

お前の父も持っていないだろうという言葉が引っ掛かった。

馬鹿にするな。その程度の鷹ならば、わらわの父だって……。

抗弁のために口を開こうとした刹那《せつな》だった。

「はい、それほどご立派な鷹は初めてでござりまする」

濃の機先を制するように、各務野が声を張り上げる。余計なことを言って事を荒立ててはなりませぬと、硬い笑みを浮かべる各務野の目が無言のうちに訴えてくる。

しかし、夫はそんな妻の侍女の努力など知りもしない。各務野の言葉を真に受けて得意満面である。

「あとで山鳥を分けたってもええぞ。鍋《なべ》の支度でもしとけ」

あぁ……。

どうしてこの男は、こんなに単純なのか。

苛立《いらだ》ちが募る。

ひとこと言い返さなければ、今日一日むしゃくしゃしたまま過ごさねばならぬと思うと、己を止めることはできなかった。

「それにはおよばぬ。わらわの知る限り、殿がこれまで山鳥を分けるほど獲《と》ってきんさったことはないゆえ」

「いま何と申した」

やはり突っかかってきた。

女子の言葉にいちいち引っ掛かる。そんな小さなところが、三年経っても気に喰《く》わない。

「ただありのままを」

冷めた口調で答える。

「鷹狩をしたこともねぇおなごごときは黙っとけ！」

怒号が返って来た。そんなに大声で言わなくても目の前にいるのだから聞こえている。背後に従えている男どもは、この大声で縮み上がるのだろう。しかし濃は違う。声の大きさで威厳が保たれると思ったら大間違いだ。

「確かにわらわに鷹狩の覚えはございません。鷹を使う必要はあらへんでな」

売り言葉に買い言葉。ついつい口調がきつくなってしまう。

夫が片方の眉《まゆ》を吊《つ》り上げながら、にらんでくる。

「何？」

「幼きころより父に同行し、稲葉山《いなばやま》を駆けまわりよりました。鷹を使うなどは所詮《しょせん》、道楽。わらわならば山鳥の二羽や三羽、弓でとらまえましょう」

できる。

自信はあった。

「……」

無言のままにらんでくる夫を、桃色の唇を固く閉ざしながら見据える。

「弓を持て！」

背後の家臣に夫が命じ、ふたたびこちらを見た。

「付いて来い」

夫の言葉で胸が高鳴ったのは、これが初めてだった。

犬千代たちに囲まれて、夫が馬を駆る。濃もまた、馬を走らせながら、狩場へとむかう。濃の周囲には貞家をはじめとした父に与えられた男たちが侍《はべ》っている。

「どっちが大物を獲るか勝負じゃ！」

馬上の夫が叫ぶ。

望む所だ。

先の二人の夫は美濃国守護、土岐家の一族であった。生まれながらに人の上に立つ者たちであったため、おおらかで何事にも執着しない穏和な気性であった。が、信長は違う。織田家の惣領《そうりょう》といっても、尾張半国を治める守護代家のそのまた家老の家の生まれである。この男はまがりなりにも、己《おの》が手で尾張一国をつかもうと必死に戦っている。

器は小さいが、荒々しいところは嫌いではない。

「がてんじゃ！」

答える声が喜びで弾んでいることに、濃自身戸惑っていた。

夫とともに丘を行く。背後に従うのは、夫の近習《きんじゅ》である勝三郎のみ。他の者は、三人と十分に間合いを取り、息を殺して見守っている。

膝《ひざ》の上まである草のなかを、勝三郎が指さした。

「殿」

小声で夫に言う。うなずいた夫が、静かに弓弦《ゆみづる》を絞り、息を止めた。

「ふっ」

呼気とともに矢を放つ。
草が揺れた。
鳥が飛び立つ。長い尾を揺らしながら雉《きじ》が逃げようとする。
逃がさない。
濃は矢を番《つが》え終えていた弓弦を絞り、空を舞う雉目がけて放った。
一直線に飛んだ矢が、雉の胴を貫く。一矢で絶命した雉は、草のなかへと落ちる。
「お見事！」
背後で貞家が叫んだ。
「おお」
斎藤家の者たちが声を上げる。
「ちっ」
夫の舌打ちを背に受けながら、濃は雉が落ちたあたりめがけて駆けた。
どれほど仕留めたのか数えきれぬほど、狩りは上々の成果であった。
濃だけは。
夫はというと、まだ一羽も仕留められていない。
何羽目かすら判然としない獲物の足をにぎり、彼方《かなた》に見える夫に掲げてみせる。もはや怒りを通りこし、悔しさで顔をがちがちに引き攣《つ》らせながら、夫がにらんでくる。と……。

夫の背後から勝三郎がなにやら声をかけた。

「たわけっ！　お主が邪魔するからじゃ」

怒鳴りつけながら、夫が勝三郎へと目をむける。首を振りながら叱責《しっせき》を受け流す勝三郎の指が、草深い丘のむこうをさしていた。その先には木々に覆われた林がある。

勝三郎がさす木陰から角が覗《のぞ》いていた。

鹿だ。

「裏側に廻《まわ》りこめ！」

「承知っ」

信長と勝三郎が林へと駆けてゆく。

濃は二人に気付かれぬよう、その後を追った。

林に足を踏み入れた途端、木々の湿気が霞《かすみ》となって、濃の視界をさえぎった。足元の土も水気を孕《はら》んでぬかるんでいる。どうやら日頃から湿気が多い場所らしい。

濃は獣の気配を探るように、口をつぐんで靄《もや》のなかを進む。

どこかに夫が狙う鹿がいる。先に見付けて、ひとりで仕留めたい。頭を貫ければ一矢でやれるはず。

心が高鳴る。

「ぐわっ！」

夫の悲鳴が聞こえた。声のしたほうへと濃は足をむけた。

がさごそと何かが遠ざかってゆく。

鹿だ。

声が聞こえた真逆のほうへと駆けてゆく。夫が仕留め損なったのかもしれない。そこまで考えた次の刹那《せつな》には、濃の頭のなかから鹿のことは消え去っていた。

何かあったのは間違いない。勝三郎の声が聞こえないということは、どうやら一人であるらしい。

「うぁぁぁぁっ！」

また聞こえた。

近い。

「くっ……」

切り立った崖《がけ》まで来ると、夫の手だけが見えた。絶壁に伸びる木の根をつかんでいる。

濃は崖の縁まで走り、たすきを解《ほど》きながら叫んだ。

「大事ないかっ！」

根をつかんだ手のみで体の重さを支えながら、夫が宙づりになっている。断崖《だんがい》絶壁だ。落ちたらひとたまりもない。

「くっ……。はよう、誰ぞ呼んでまいれっ！」

汗みずくになりながら夫が叫ぶ。濃はそれを無視して、たすきを絶壁に伸びる大樹に回し、自分の体に結びつけた。

しゃがみ込んで、手を伸ばす。

「おなごに助けられるなど恥でぇ！」

目を閉じ、夫が首を振る。

「こんなときに何を言っとる。はよう、わらわの手を……」

「どけぇっ！　そこをどけぇっ！　わしは自力で……」

「駄々をこねりんさるな！　堕《お》って死んでまうに！」

嫌いな男。

父の敵。

の、はずなのに……。

どんなに嫌いな男であろうと、目の前で死なれては困る。そうみずからに言い聞かせながら、濃は必死に手を伸ばす。

「さぁ」

「くっ……。死んだほうがよっぽどかええわ！」

なんと強情な。

呆《あき》れた男……。

「ほんなら」

立ち上がって背中を見せる。

「行くなぁっ！　たわけっ！　早《はよ》う助けよ。限界じゃっ」

「ふ」

自然と口許《くちもと》が綻《ほころ》ぶ。が、そんな顔は夫には見せられない。振り返ると同時に頬を引き締めた。

しゃがんで、腕を差し伸べる。

夫の熱い手が掌《てのひら》を包んだ。

不思議と身の裡《うち》から力が湧き上がってくる。はじめての感覚に戸惑いながらも、濃は無心で夫を引き上げる。もちろん、一人だけの力では無理だ。夫がみずからで登ろうとしてくれなければ助けられない。

夫が歯を喰《く》いしばりながら崖に足をかけ、一歩一歩登ってくる。その姿を見ていると、自然と総身に力がみなぎる。

急に夫が軽くなった。

手が振り解かれる。

気付けば二人して、崖に寝転がっていた。

「このことは誰にも言うたらあかんぞ……。他言無用じゃ！　ええな！」

肩で大きく息をしながら夫が叫ぶ。

こんな情けないこと誰にも言わん……。

顔を見て言ってやろうと、濃は身を起こし、そのまま固まってしまった。

夫を助けることに必死でわからなかった。

「何がおかしいっ！」

怒鳴られて、濃ははじめて自分が笑っていることに気付いた。

「海じゃ」

「う、海がどうした！」

「おまい様には珍しないもんじゃろうが、美濃にはあらへんもんでな」

蒼《あお》い水がどこまでも続いている。果てまで行っても陸がない。それがたまらなく不思議だった。

「……」

信長も身を起こした。隣に夫の気配を感じながら、濃は海から目を逸《そ》らすことができない。

「水運は富をぎょうさんもたらす」

「尾張の港を獲《と》る気か」

「ほしい」

心からの言葉だった。父も美濃も関係ない。尾張を奪うという意味でもなかった。ただ無性に海が欲しかった。

「やらんわ！」

恐らく美濃の姫としての言葉と取った夫が声を荒らげる。濃は自分でも驚くほど素直に、心の裡を吐き出す。

「海を手に入れ、船に乗ってその向こうらへ行ってみたい」

「その向こう？」

「異国じゃ」

「南蛮《なんばん》か？　南蛮なぞ行ってどうする」

「わからん」

「何がある」

「知らん。ただ……。ただ無性に行ってみたいのじゃ」

女が女でなければならぬ国を飛び出したかった。異国とて、どうにかなるものでもないかもしれないが。

だが、どこまでも広がる紺碧《こんぺき》の海を見ていると、己を押し込めようとする一切の物から解き放たれるような気がした。

どう答えてよいのかわからぬように、夫は黙っている。

その隣で、濃はいつまでも笑っていた。

三

どこもかしこも、褌《ふんどし》姿の男たちで埋め尽くされていた。誰もが汗にまみれて懸命に働いている。方々から聞こえてくる槌《つち》の音が、蒼天《そうてん》に轟《とどろ》き城内を活気で満たしていた。若い木材から放たれるみずみずしい香りと、掘り返される土の重みをもった匂いに、濃は心を躍らせる。

二人で海を見てから三年半あまりの時が流れ、清洲城《きよすじょう》はいま大がかりな改修の途上にある。駿河《するが》、遠江《とおとうみ》を領し、三河《みかわ》をも手中に収める大大名、今川義元《いまがわよしもと》が、甲斐《かい》の武田《たけだ》と相模《さがみ》の北条《ほうじょう》と手を結んだ。これまで睨《にら》み合っていた三国が同盟を結んだことで、義元の目は自然と尾張にむく。義元に対する備えとして、夫はみずからの居城の改修に取り掛かることにしたのだった。

美濃を忘れるな……。

帳面と筆を手にしながら、濃は心につぶやく。

みずからが架け橋となり、美濃と尾張両国の絆《きずな》となっているから、いまのところは干戈《かんか》を交えることはない。だが、いつ何時、両国の絆が壊れることになるかもしれぬ。その時には父につく。

尾張に嫁いだ時から、そう決めていた。

働く男たちを遠目に見ながら、石垣の上に登り、帳面に筆を走らせる。美濃と尾張が仲違《なかたが》いをした時に、この絵図がきっと役に立つはずだと思って。

「存外《ぞんがい》、堅牢《けんろう》であるな。脆弱《ぜいじゃく》な箇所を見つけて、攻め落とし方を父上にお伝えしんと。平太郎、おんしならどう攻める」

問われた貞家が、背後で戸惑っている。各務野などは、濃の足の速さに付いてゆくのがやっとのようで、貞家の後ろでぜぇぜぇと肩を上下させている。

額の汗を指で拭《ぬぐ》いながら、貞家が目を泳がせている。

貞家とは長年の付き合いだ。考えていることなど手にとるようにわかる。

姫は織田家の惣領《そうりょう》の正室《せいしつ》。その居城を攻め落とすなど……。

そんなことを頭のなかで考えているのであろう。

「は、左様でございますな。え〜……」

意を決して答えようとした貞家の目が、濃の背後を見つめて止まった。それと同時に舌も固まる。

貞家の視線を追うように、濃は振り返った。

目にも眩《まぶ》しい衣を着けた女たちが、石段を登ってくる。その先頭、すでに石段を登り終えて、貞家の目に留まった女の名を、濃は口にした。

「吉乃《きつの》殿」

夫の。

側室《そくしつ》だ。

「お方《かた》様。真っ先にお方様にお知らせしたきことが……」

柔らかな声で言った吉乃が目を伏せる。

なにもかも柔らかそうな女だった。顔も体付きも声や物腰までもが柔らかい。十数段しかない石段を登った程度で、肩を激しく上下させている。

女だ。

吉乃には野山を駆けたり、木刀を振るような真似はできないだろう。そもそもそんなことをしたいとも、吉乃は思っていないはずである。

己は己、吉乃は吉乃。

ただ、それだけのことだ。

言葉を待つ濃に、吉乃は目を伏せたまま、ゆるりと語りだした。

「このたび恥ずかしながらわたくし、殿のやや子を身ごもりましてござりまする」

やや子……。

その言葉を聞いた刹那《せつな》、己でも驚くほど胸の奥が鋭く痛んだ。細い針を突き立てられたような痛みが、全身を駆けめぐった。

そんな素振りを見せずに、濃は笑いながら吉乃に語りかける。

「まっことか！　なんとめれたいことじゃ！　大儀じゃ！　どうか健《すこ》やかなる子を産んでくんされ」

声に覇気を満たしたのは何故だろうか。己でもわからない。ただ、女そのものである吉乃が子を孕《はら》んだということに、取り込まれてなるものかと無理矢理、声を張り上げてしまった。

心の裡《うち》を顔色で悟られまいと頭を下げる。

吉乃は柔らかい笑みを濃にむけて、柔らかい言葉を投げてくる。

「有難きお言葉、痛み入りまする」

顔を上げると、今度は吉乃が頭を下げていた。

背後の女たちにうながされるようにして、吉乃が去ってゆく。その柔らかな身のこなしが、女としてのあるべき姿を濃に見せつけているようで見るに堪えなかった。吉乃から目を逸《そ》らすように、背後の各務野を見ながら胸を張る。

「めれたいこっちゃのう」

心からそう思っている。

夫の子が生まれるのだ。これほどめでたいことはないではないか。

「ええ……」

各務野の声が揺れていた。濃を憐《あわ》れんでのことなのか。それとも、めでたいと言ってのけた主《あるじ》の心を測りかねてのことなのか。

顔を曇らせる各務野の背後から、男が駆けてくる。美濃から遣わされた男だ。

男が貞家の耳元で何事かをささやいている。不穏な気配に、皆が口を閉ざす。濃も二人のやり取りを注視する。

「何じゃと！」

貞家が叫んで、濃を見た。

「殿が出陣しんさるとのこと」

「毎度お忙しいこって」

戦、戦、戦。

信長という男は暇があると戦をしたがる。毎日忙《せわ》しなく過ごしていながら、いったいどこに子を孕ませるような暇があるのかと不思議になる。

「いずこへ？」

濃が問うと、貞家は顔を曇らせた。

「それが……」

＊

「急げ！　佐久間《さくま》隊はまんだこんか！」

曲輪《くるわ》の方から聞こえる森可成《もりよしなり》の声を聞きながら、信長は鎧《よろい》を鳴らして歩む。

「のろまはほうておかれよ。首級《しるし》はわしがもらい受ける！」

「我が隊が先陣を切る！　おまえんたぁ、気合《きえあ》入れよっ！」

男たちの猛《たけ》き声が聞こえてくる。戦の支度を終えた家臣たちが、いまや遅しと出陣の下知を待っていた。

時が無い。

一刻も早く兵とともに戦場にむかわねば、何もかもが手遅れになる。

なんとしても。

濃を泣かせるわけにはいかない。

「殿がござらしたぞ！　馬を持ちゃーせ！」

曲輪に足を踏み入れると、供をしていた丹羽長秀《にわながひで》が兵たちに告げた。引かれてきた愛馬にまたがり、信長は目を血走らせる男たちを睥睨《へいげい》する。

かたわらに侍《はべ》る林秀貞《はやしひでさだ》が吠《ほ》えた。

「皆の者、殿の出陣じゃ！」

家臣たちの雄叫《おたけ》びが城に満ちた。兵たちをまとめる可成に、信長は告げる。

「三左衛門《さんざえもん》！　出るぞ！　まだの者はあとからついてこさせよ！」

「はっ！」

いざ出陣。

手綱に手をかけ、外へと続く門に目をむける。

掛け声とともに、馬腹を蹴《け》ろうとした、その時だった。

「待ちんさい！　待ちんさい！」

馬の前に立ちはだかるようにして、濃が駆けて来た。相変わらず、女とは思えぬ身軽な態《なり》である。

「美濃に出陣しんさると聞いた！　まことであるか！」

馬上の信長を見上げながら、濃が問うてくる。

「まことじゃ」

事実を淡々と答えた。

「和議を反故《ほご》にしんさる気か！　愚かなり！　やってみんさい！　おまい様のようなうつけが父にかなうものか！」

濃は何も知らない。だから怒るのも無理はない。出陣の理由を丁寧に語って、誤解を解いてやりたいところだが、いまは一刻を争う。

「お方様、誤解でごぜぁます」

立ち塞《ふさ》がる濃の元へと駆け寄り、秀貞が言った。

仕方ない。

手短に理由だけを語る気になった信長は、馬上より声を投げる。

「美濃が割れた。お主のおとっさまと兄さまが戦を始めた」

濃は言葉もない。しかし、馬の前から退《ど》くつもりはないようだった。

焦りが怒りとなって、信長の口からほとばしる。

「おとっさまを助ける。おのしのためではねぁ。両国の盟約のためじゃ！　どけ！」

お主のためなのだ、お主を悲しませたくないから……。

そんなことは口が裂けても言えなかった。父同士が決めた政略上の縁談。どちらも望まぬ夫婦。

濃は己を嫌っている。

聡明《そうめい》なこの女には、すべてを見透かされている。織田信長が小さな男であることを、濃は誰よりも知っているのだ。

こんな男を好いている訳がない。

己に惚《ほ》れていない女に、優しくしてどうする。底を見透かされて終わりではないか。だから……。

つい突き放すような口調になる。

馬の前に立ちはだかったまま濃は黙っていた。

「退け」

「……わらわも行く！」

決意が言葉となって濃の口から零《こぼ》れ出した。見上げる瞳《ひとみ》には、頑として譲らぬと言わんばかりの光がある。

「たわけたことをぬかすな！」

叱りつけて大人しく引き下がるような女ではないことは、信長が誰よりも知っている。

濃は両手を大きく広げ、馬上の信長を睨《にら》みつづける。連れてゆかねば、ここで斬れ。そんな言葉が聞こえてくるようだった。

「殿」

可成が馬の下に駆け寄って、下馬をうながす。鞍《くら》から飛び降りると、可成が寄り添ってきて耳打ちをする。

伝令からの報せだった。

必死の形相で睨みつけてくる濃に、もたらされた報をそのまま伝える。

「おとっさまは、討ち死にされた」

ひと足遅かった。

信長が後詰《ごづめ》を出すより先に、美濃のマムシは我が子である義龍《よしたつ》に殺されてしまった。

義龍は濃の兄である。あれほど慕っていた父が、兄の手にかかって死んだのだ。

濃が震えている。信長をにらむ目が真っ赤に染まっていた。その背後に侍る貞家や各務野たちも言葉を失っている。美濃衆にとって、道三の死と義龍の謀反は、国の根幹を揺るがす一大事であった。

「お悔やみ申す」

濃にむかって頭を下げた。そんな主に、可成が言葉をかける。

「殿、出陣はいかがいたしましょう」

「ちーと待っとれ、様子を見る」

道三の救援として兵を送るから意味があるのだ。後詰は戦場に乱入することで、形勢を傾けるためのものだ。

すでに道三は死に、美濃の混乱は収束していることだろう。いま無闇に兵を動かせば、態勢を整えて待ち受ける義龍に迎撃されてしまう恐れがある。下手に兵を動かして過剰な損害を得るのは、将としてあるまじき行いであった。

しかし、信長の言葉を聞いた濃は黙っていなかった。

「様子を見るじゃと？　何を腑抜《ふぬ》けたことを言いんさるか！　取り返すんじゃ！　わが美濃をその手で取り返せ！」

信長の鎧に手をかけて、濃が叫びながら体を揺すってくる。その手をつかみながら、信長は妻の心に届けとばかりに叫ぶ。

「簡単に言うな！」

気持ちはわかる。

慕っていた父を討たれたのだ。濃にとってもはや兄は、憎き仇《かたき》でしかないのであろう。

「ほんならわらわがやる！　馬を引け！　貞家、出陣じゃ！」

信長の背後に立つ可成たちに、濃が命じる。だが、誰一人動かない。彼等の主《あるじ》は信長なのだ。正室であろうと、可成たちを動かす権はない。

猛き女である。

このままでは何をするかわかったものではない。放っておいたら、一人でも美濃に行くかもしれない。人目を避け、真夜中に城を抜け出す恐れもある。

仇は必ず討ってやる……。

そのひと言がどうしても言えない。

いずれ美濃は手に入れるつもりだ。その時は、かならず義龍の首を討つ。濃のためではない。信長の覇道のためだ。しかし心のどこかで、今度の一件によって、斎藤義龍という男が、隣国の大名以上の存在になったのは確かであると感じていた。

憎き敵。

そう思えるのは、怒りに震える濃の瞳に輝く涙の所為《せい》だ。

「誰かこいつを捕まえとけ！」

貞家たちに命じる。

「……」

濃がうつむく。何かを考えている。

顔を上げた。

怒り……。

違う。

父を殺された無念でも、美濃へ出兵しない信長への憤りでもない。

何か大事なものを失ったさみしさが、涙に濡《ぬ》れた瞳にかげっている。

違う。別にお主を他所者《よそもの》だと思ったわけではない。

そんな意味では……。

やはり口にはできなかった。

うろたえる信長の前で、濃が背をむけて走り出す。

貞家も走り出した。美濃の男たちがそれに続き、各務野たち侍女も己《おの》が姫を追う。

信長も駆ける。

侍女たちを追い抜き、男たちを掻《か》き分け、貞家を抜いて先頭に出た。

濃はみずからの館《やかた》に入り、自室へと辿《たど》り着く。後を追う信長も、開かれたままの襖《ふすま》を潜《くぐ》って、部屋に入った。

振り返った濃の手に、すでに抜き放たれた懐刀が光る。

「姫！　何を……！」

貞家が叫ぶ。

「来るな。わらわの役目は、はや、のうなった」

喉《のど》に切っ先をむけながら、濃が言った。信長は足を止め、妻を刺激せぬよう努める。

その後ろで、貞家や各務野たちが濃と信長のやり取りを固唾《かたず》を呑《の》んで見守っている。

「役目がのうなったのみならず、いまやわらわは敵将の妹じゃ。調略の道具としてへじめに利用されてまうのなら、いさぎよう自害いたす！」

そう……。

濃は美濃から送られた道具なのだ。父同士が決めた縁組。濃が道三にとっての道具なら、信長もまた父にとっての道具だったのだ。

たがいに、用無しになれば捨てられる宿命なのである。用無しになったのが濃であったというだけで、何かが違っていれば、信長の方が濃にとって、美濃にとって用無しになっていたかもしれないのだ。

ああして喉に刃を突き付けていたのは、もしかしたら己であったかもしれぬ……。

思うと、体が勝手に動いていた。

意思とは違うためらいのない信長の動きを、濃は察することができなかった。たやすく懐に潜り込んだ信長は、懐剣をつかむ濃の手を上から握りしめる。そしてそのまま己の胸まで引き寄せて、刀を奪い取る。

「お主の役目は、わしの妻じゃ」

心からの言葉であった。

尾張も美濃も関係ない。二人を道具とした父たちは死んだ。もはや信長と濃は道具ではない。

夫婦……。

今宵はじめて、信長は濃という女をみずからの妻としたような心地であった。

濃は何も答えない。信長を見つめたまま、かすかに震えている。その白き頬をひと筋の涙が濡らした。

懐刀を鞘《さや》に納めて信長は立ち上がる。

妻に背をむけ、貞家の元へと歩む。

「そいつをよう見張っとけ」

懐剣を手渡し、そのまま部屋を辞す。

濃は最後まで何も言わなかった。

四

父が死んで四年。尾張に迫る危機を、濃は清洲の私室で知らされていた。

「鳴海城《なるみじょう》、沓掛城《くつかけじょう》、ともに駿河の手に落ち申した」

貞家が沈鬱《ちんうつ》な面持ちで言った。鳴海と沓掛の城は、いずれも尾張と三河の国境付近にある。尾張にとっていわば、東方の要ともいえる城であった。

美濃を離れ、濃に長年奉公を続けてくれている者たちが集っている。男も女もない。貞家をはじめとした武士だけではなく、各務野を筆頭にした女中たちも席を共にしていた。

眉根《まゆね》を寄せながら貞家が続ける。

「そしてついに、御大将、今川義元みずからが大軍勢を率いて出陣、その数四万五千とも」

「よ、四万五千……」

思わずといった様子で、女中のすみがつぶやいた。

無理もない。

四万五千といえば、駿河、遠江、そして三河。今川家の領国総動員というべき大軍勢である。しかもこれは義元の本隊のみの数だ。家臣たちが率いる兵を合わせれば、総数はそれ以上に膨らむ。

声を絞り出すようにして、貞家がなおも続けた。

「明日には丸根《まるね》、鷲津《わしづ》らの砦《とりで》も落とされてまう。さすれば次は、この尾張……」

「ああ、もう駄目じゃ。決まりじゃ！　私はいずれこん時が来ると思いよったんじゃ。本当《ふんと》に恐ろしいのは駿河の今川殿じゃ」

各務野が取り繕いもせず、本音を吐き出す。日頃、濃に口うるさく行儀作法を説くくせに、こういう時に人目もはばからずに心に浮かんだ言葉を口にするところはさすがに呆《あき》れてしまう。しかし、各務野は女だから致し方ないとも思う。抗する刃を持たぬ者が強者の到来を知らされれば、各務野のように取り乱すものなのだろう。

各務野の悲嘆にくれた言葉を受け、貞家が上座にすわる濃と間合いを詰めるように身を乗り出した。

「猪子兵助《いのこひょうすけ》が逃げ道を確保しとります。急《せ》いてくんさい」

腹心の言葉に各務野が首を何度も上下させながら、同調する。

「姫、明日は激しい雨になりまする。いまのうちに抜けだしますぞ！」

尾張の者たちを見放して、どこに逃げるというのか。美濃に戻るということは、父の仇の庇護《ひご》を受けるということ。斎藤義龍に助けを求めるなど、死んでも嫌だった。

第一……。

「四万五千など大げさじゃ」

濃は吐き捨てる。

四万五千を義元が率いるということは、家臣たちの軍勢まで含めるとそれ以上に膨れあがる。十万までは行かずとも、倍ちかくにはなるだろう。

八万……。

いくら三国の主《あるじ》とはいえ、そこまでの兵を集めることはできないはずだ。

大大名、今川義元がついにみずから兵を率いて襲ってきた。それだけの事実に、目の前の者たちは皆、恐れおののき疑うことすら忘れている。

「姫、殿はいま、軍議を開きよんさるが何にも決まらへんじゃろう。今川義元が総力を挙げてきたら、うちの殿など何ができましょう」

嘆くように貞家が言う。

腹立たしい。

やってもいないのに、何故そんなことが言えるのか。

織田信長……。

あの男はいま何を考えているのか。無性に聞いてみたかった。

＊

誰も彼も、俺が敗《ま》けると思っている。

冷え冷えとした沈黙のなか、信長は上座から家臣たちを見据えていた。

一人として言葉を発しようとしない。今川の大軍の到来を前にして、みずからの発言に責を負う勇気を持てないようだ。

籠城《ろうじょう》か、打って出るか。

ふたつにひとつだ。

いずれにせよ……。

己が口火を切らなければ始まらない。

わかっているのだが、何を言えば良いのかわからなかった。戦をするにしても、皆の心を奮い立たせるような言葉を用いなければ、大軍に抗することなどはなからできるものではない。では、果たして己にどれだけの熱弁ができるというのか。そして、弁舌を弄《ろう》し皆を焚《た》き付けたところで、今川の大軍勢に勝てるというのか。四万を超えるという義元になど到底敵《かな》わないと、心のどこかで信長自身が思っている。

つまり……。

この場の誰もが敗けると思っている。

駄目だ。

己は尾張の領主である。このまま無言を貫き通すことはできないのだ。

目についた者の名を呼ぶ。

「柴田《しばた》権六《ごんろく》勝家《かついえ》」

「は！」

家中一の猛将は、その勇名に恥じぬ大声で答えた。

だが声をかけたは良いが、何を言うか決めていないから、次の言葉が見つからない。

「その髭《ひげ》の形、よう似合っとるな」

適当にとりつくろう。

「……」

勝家が答えに窮する。

家臣たちも一様に不審気な面持ちで固まった。

場が。

保《も》たない。

＊

いまにも泣きそうになりながら各務野が叫ぼうとするのを、濃は黙然と見守る。

「負けるに決まっとる！　うちの殿は格好《しこ》ばっかなんじゃで！　ご家来衆も、すぐに見放しんさるに！　終わりじゃ、尾張はもう終わり！……あ、いや、いまのはそういうのやありませんよ」

笑えない。

洒落《しゃれ》なら洒落でよいのだ。否定するから余計に苛立《いらだ》つ。

ここにいても何も始まらない。

濃は立ち上がった。

家臣たちを掻《か》き分けて、私室を飛び出す。

「姫！　駄洒落《だじゃれ》やないんです！　怒らんでくんさい！」

各務野の悲痛な声に答えるつもりにはならなかった。

まっすぐに廊下を進む。

途上で織田の家臣たちの姿を見かけたから、すでに軍議は終わっているはずだ。どの顔も青ざめ、濃の姿を認めると頭《こうべ》を垂れて道を開ける。

どうやら夫は彼等に道を示さなかったらしい。

軍議が開かれていた広間の戸は閉じられ、警護の若者が二人、戸の前を固めている。濃を見た若者たちが、一瞬顔を強張《こわば》らせるが、手で彼等を制し、勢い良く戸を開いて広間に踏み込んだ。

そのまま後ろ手で戸を閉める。

広間の真ん中で、夫が大の字になって寝転んでいる。

大股《おおまた》で近付き、顔を覗《のぞ》き込む。

「もうはや首をはねられてまったような顔じゃな」

多少青ざめてはいるが、廊下を行く家臣どもに比べればましであった。まだ、この男は諦《あきら》めてはいない。だからこそ、悪しざまに言ってやった。

「逃げる前にあざ笑いにきたか」

濃の顔を見上げ、夫は寝転がったまま言った。

この男も、濃が美濃に逃げると思っている。

わらわをみくびるな……。

信長だけではなく、貞家や各務野にも言ってやりたかった。

猛《たけ》る心を落ち着けるように、大の字に転がる夫の側に座る。汗の匂いが仄《ほの》かに香った。長い間、家臣たちに囲まれ、この男なりに必死に戦ったのであろう。

「軍議で何を決めたのじゃ」

つとめて明るく問うた。

「何を言えばええか分からなんだ」

この男にはめずらしく素直な言葉が返ってきた。

いつも背伸びをして、自分を大きく見せたがる夫が、何も言えなかったと素直に語った。

胸が締め付けられる。

「……勝てんのか」

「国衆の離反が雪崩をうって始まっとる」

織田家の惣領《そうりよう》として尾張を治めているといっても、各地の国衆たちの支持がなければなんの意味もない。御輿《みこし》は担ぐ者がいてはじめて御輿たりえるのだ。

国衆たちは力のある者になびく。今川へ擦り寄る者たちが続出しているのだろう。

「わしがいま腹を斬れば、無駄な戦をせんですむだろうて」

織田家の惣領である信長が死んで詫《わ》びれば、家臣たちも戦う意味を失う。義元は労せず尾張を手に入れることができ、国衆たちが戦で兵を失うこともない。御輿が織田から今川に代わっただけのこと。誰も困りはしない。

そう……。

父が死んでも美濃は何も変わらない。兄の元で、無事に治まっている。しょせん大名など、その程度の者なのだ。

夫の隣に寝転がる。

「つまらん人生じゃったな」

想いが口から零《こぼ》れ落ちる。信長だけではない。己のことも重ねた言葉だった。

父の顔が脳裏に蘇《よみがえ》る。

嬉々《きき》として語ってくれた言葉が、口をついて溢《あふ》れ出す。

「よう父が言いよりんさった。まず織田を滅ぼし、次は松平《まつだいら》、そして今川を滅ぼす。さすれば京《きょう》へのぼると」

「愚かな夢物語じゃ」

寂しそうに夫がつぶやく。

夢物語。

たしかにそうかもしれない。だが、男ならそれができる。兵を率い京へとのぼる。

それも可能ではないか。

「わらわがおまい様なら……」

「ならどうする？」

ふともらしたつぶやきに、夫が喰《く》いついた。急《せ》かされるように、濃は求められたことを頭のなかで紡ぐ。

「座して死するより、たとい単騎であっても今川義元の首めがけて駆けようぞ」

「妄言をこいとりゃええんだで、おなごは気楽だがや」

失望したような夫の声に、ついムキになってしまう。

「マムシはたとい相手が巨軀《きょく》の牛であろうと、急所をひと嚙《か》みして殺《ころ》いてまう」

「どこに急所があろうか」

「必ずある。敵の身になって考えてみやええ」

夫が黙った。

濃は胸の奥で何かが熱く灯《とも》るのを感じた。ここで止まってはいけない。夫の胸にも、この熱を灯さねば。

言葉を重ねる。

「敵は必ず勝つと思いよる」

「それが急所か」

夫が起き上がり、放りだされていた絵図を手許《てもと》に引き寄せた。濃は絵図をはさんで正面に座る。広げられた紙には、尾張の山や川と、そこに点在する城や砦《とりで》が描かれていた。

「今川本隊はどこに？」

濃が問うと、信長が三河の東方を指差した。

「沓掛城じゃ。これから大高城《おおだかじょう》へ向かう」

信長の指が、三河の東方、沓掛と書かれた城から、ゆっくりと尾張の東へと動く。海のそばに大高と書かれた城があり、指はそこで止まった。

濃の目は大高城の北東に川を挟んで描かれた、鷲津、丸根の両砦を捉《とら》える。

「鷲津砦、丸根砦で待ち構え、全軍で打って出る！」

「愚策！　敵が先に両砦を落とす。砦から兵を引き、全軍ここに籠城《ろうじょう》して迎え撃つはかねぇ」

間髪を容《い》れず言った夫に、濃も負けずに叫ぶ。

「愚策！　籠城は後詰《ごづめ》あってのもの。ご家来衆が次々けつまくって逃げだいてまういま、総崩れは必至！　攻めあるのみ！」

ぐっと言葉を吞《の》んだ夫が、しばし口を閉ざした。濃は黙って返答を待つ。

顔を上げ、ふたたび濃を見つめた瞳《ひとみ》が輝いている。

「砦で決戦をする！　と見せかけて砦を捨てる」

「面白い」

自然と笑いが込み上げて来る。気付けば素直にうなずいていた。

夫の指が鷲津砦の北東の中島《なかしま》砦に置かれる。

「本隊を密《ひそ》かに動かし……」

じりじりと東南へと指が進む。

「桶狭間《おけはざま》あたりで本陣を襲い、今川義元の首を獲《と》る！」

周囲を山に囲まれた場所に桶狭間と書かれている。夫よりも先にこの地を指さし濃は言った。

夫が首を振って答える。

「桶狭間を通るとは限らんわ！」

「通ることに賭《か》けるのみ！」

八方ふさがりのいま、わずかでも勝ち目が見える手に賭けるしかないのだ。なりふりなど構っていられない。それは、夫もわかってくれるはず。

「通ったとて、気づかれずに本陣には近づけまい！」

もうひと押しだ。

「雨じゃ」

「雨？」

夫は濃の策に聞き入ってくれている。いまは走るのみ。

「明日は激しい雨、人馬の足音も消されよう」

「星が出とるぞ」

「うちの各務野は、明くる日の天気を外したことがない」

「あてにならん！」

各務野は本当に天気を外したことがない。この主《あるじ》の最大の窮地の時に、外すわけがない。

濃は各務野を信じて吠《ほ》える。

「賭けるだけじゃ！」

夫は気圧《けお》されるというよりも、策を呑み込んだように小さくうなずくと、桶狭間の地を見つめてつぶやいた。

「小勢《こぜい》で本陣を打ち崩せようか」

大丈夫。

こういう時こそ、いままで自分を大きく見せてきた夫の性分が意味を持つ。

とは言わない。

夫の心を奮い立たせるように、濃は立ち上がり拳《こぶし》を握る。

「兵を鼓舞するのじゃ、奮い立たせるのじゃ！　総大将がその言霊で！」

「言霊か」

言いながら夫が立ち上がる。濃の隣に立った夫は、拳を握って虚空を見据えた。

「皆の者ぉっ！　命を捨てて突撃じゃぁぁぁっ！」

熱い……。

熱苦しくて見てられない。

「一人でたかぶっても逆に冷めてまうわ」

素直な感想を述べると、濃も虚空を見据え、眼前に男たちの姿を思い浮かべる。

己は侍。

己は織田信長。

心に言い聞かせながら言葉をゆっくりと紡ぐ。

「皆のもの、よう聞けよ……。今川の兵は夜通し行軍し、辛労して疲れとる……。こちらは新手の兵じゃ。勝敗の運は天にある」

自然と心が昂《たか》ぶり、声《ひ》が大きくなってゆく。

「敵が掛かってきたら退け。敵が退いたら追うのじゃ！　何としても敵を練り倒し、追い崩す！　容易《あやす》いこっちゃ！」

気付けば拳を握りしめていた。

「合戦に勝ちさえしやこの場におったもんは家の名誉、末代までの高名であるぞっ！　ひたすら励めぇっ！」

夫の顔を見る。

笑みを浮かべ、うなずいていた。その背をうっすらと光が照らしている。障子戸から暁光が射しこんでいた。

朝だ。

「殿、申し上げ候」

障子戸のむこうから声が聞こえる。

「入れ」

夫の言葉を聞いた近習が、静かに戸を開き部屋の敷居をまたいで平伏する。太田牛一《おおたぎゅういち》。有能な男であるが、少々口が軽い。

「鷲津砦、丸根砦ともに今川の猛攻を受け、壊滅状態にあいなり候」

「……めしじゃ」

意を決した夫が、牛一に命じるのに、濃は言葉を重ねた。

「湯漬けを持て」

「は！」

牛一が駆けだすようにして部屋を出てゆく。あっという間に家臣たちが広間に集い、飯が用意される。濃は膳《ぜん》の上の飯に湯を注ぎ、箸《はし》とともに夫に差し出す。家臣たちに囲まれ、鎧《よろい》を着せられている夫は、立ったまま湯漬けを掻き込む。その目が、もうひとつ用意されていた椀《わん》を捉えた。

お主も喰《く》え。

目で語る夫にうなずきで応《こた》え、飯に湯を注ぐ。夫の隣に立ち、湯に漬かった飯を掻き込む。

「生きて帰るのは万に一つじゃ。あとを任せてよいか」

前を見ながら夫が言った。

飯を喰らいながら濃は力強くうなずく。

「おまい様が討ち死にしたとの報せあり次第、城に火をかけ、奇妙丸《きみょうまる》と女たちを逃がす」

夫が死ねば何もかも終わりだ。織田家のことは幼年の嫡男、奇妙丸とその母である吉乃たちに任せるしかない。

「お主は」

「自害いたす」

それ以外の答えは濃の胸になかった。

すでにこの戦は二人の戦だ。

夫の敗北は濃の敗北。

夫が死ねば己も死ぬ。

「今川に投降せよ」

「断わる」

笑って答えた。目を見開いて濃を見る夫に、言葉を重ねる。

「腹を十文字にかっさばいてみたい」

お主らしいと言わんばかりに、夫が苦笑いを浮かべる。

そしてふたたび前に目をむけた。

開かれたままの障子戸からは、朝日に照らされた庭が見えた。そのむこう。遥《はる》か遠い北方を、夫は見据えている。なぜだか濃にはそう思えた。

「……もし」

口を閉ざして夫の言葉を待つ。

「もし万が一、この戦に勝つことができたなら、次はお主の国を取り返してやる。美濃をお主にくれてやる」

静かにうなずいた。

信じている。

夫は必ず帰ってくる。そして、きっと約束を果たしてくれる。

返答を求めず、夫は照れ臭そうに部屋を飛び出していった。

その後を他の近習たちとともに太田牛一も追う。

「又助《またすけ》」

牛一を通称で呼び止めた。

「は」

後ろに仰《の》け反《ぞ》るようにして止まった牛一が片膝《かたひざ》立ちになるのを見下ろしながら、濃は語る。

「しゃべくりばちよ、ここにわらわがおったこと、他言無用ぞ」

言っておかなければ、何を言われるかわかったものではない。

「は！」

「殿はお一人で考え、決断し、そして、そう、敦盛《あつもり》を悠々と舞われて出陣したと言いまわるがええ」

「敦盛……」

つぶやいた牛一が、うなずきながら部屋を出てゆく。一人になった濃の身中には、夫との語らいによって生み出された熱が、熾火《おきび》のように残っていた。梁《はり》の上にかけられた槍《やり》が視界に入る。心の滾《たぎ》りに誘われるようにして、濃は漆黒の柄《つか》に手を伸ばした。

「人間五十年」

切っ先を虚空にたゆたわせながら謡う。

「下天《げてん》のうちを比ぶれば」

舞う。

所作など知らない。心の炎のおもむくままに、薙刀を揺らす。

「夢まぼろしのごとくなり」

脳裏に夫の姿が浮かぶ。槍を手にして、濃とともに舞っている。

「一度生を受け」

鈍色《にびいろ》に光るふたつの刃が虚空でひるがえる。

「滅せぬ者のぉ……」

心が滾る。

勇ましき光を満たした瞳《ひとみ》で濃を見ながら夫が笑う。

「あるべきか」

ふたつの切っ先が同じ場所を指して止まった。夫の幻影が差し込む朝日のなかに溶け、濃は一人立ち尽くす。

そう。

すべては織田信長の策なのだ。この戦は織田信長の戦である。女である己が口を挟むべきではない。

人間五十年夢まぼろしのごとくなり……。

死ぬも生きるも夫次第。

それで良いと心の底から思えている自分に、濃は不思議な充足感を覚えていた。


「えい、えい、応ぉぉぉっ！」

喊声《かんせい》とともに男たちが帰ってきた。

泥と血に塗《まみ》れた永楽銭《えいらくせん》の旗印が、勝ちを誇るように天にひるがえっている。

その真ん中に……。

夫がいた。

織田信長は勝った。

あの今川義元に。

信じられぬと騒ぎたてる各務野たちの歓喜の声を背に、濃は男たちに囲まれながら己の元に戻ってくる夫だけを見つめていた。

疲れが滲《にじ》んだ馬上の顔が、濃を捉《とら》える。

笑った。

照れ臭そうに。

五

七年……。

桶狭間での勝利から、美濃を手に入れるまで七年もの歳月がかかってしまった。

馬を駆りながら、信長は昔に想いを馳《は》せる。

桶狭間での勝利の後、いまだ信長に屈していない者たちを退け、尾張を統一した。

そして信長は濃との約束通り、美濃攻略へと歩を進めた。

だが、なかなかうまく行かない。

斎藤家の惣領《そうりょう》は道三の子であった義龍の病没の後、その子、龍興《たつおき》へと受け継がれていた。国を治めるにはまだまだ若年の龍興であったが、美濃の国衆たちの結束によって外敵の侵攻を強固に阻んでいた。

そんな最中、西美濃に住まう三人の有力国人に信長は目を付けた。

濃の助言があってのことだ。

稲葉《いなば》一鉄《いってつ》、安藤守就《あんどうもりなり》、氏家直元《うじいえなおもと》。

西美濃三人衆と呼ばれる彼等に調略の手を伸ばし、これを籠絡《ろうらく》すると潮目も変わった。

草鞋《わらじ》取りから足軽大将まで出世した木下藤吉郎《きのしたとうきちろう》が、決死の覚悟で美濃と尾張の国境付近に位置する墨俣《すのまた》に城を築き、美濃侵攻の前線基地とすると、兵の動きも活発となり、三人衆の織田家への服属を知った国衆たちが次々と寝返りだした。

そして内側から崩れるようにして美濃は瓦解《がかい》。斎藤龍興はみずからの居城、稲葉山城を辞して、美濃を去った。

七年。

長かった。

義元を討った時には二十七であった信長も、三十四になっていた。

蹄《ひづめ》で紅葉を舞い上がらせながら、馬を駆る。その後ろにぴったりと付いてくる白馬には、濃の姿があった。男顔負けの手綱さばきを見せる濃の助けがなければ、美濃を手に入れることができていたかどうか。強硬な国衆たちを前に、いまなお手をこまねていたかもしれない。

城を築くなら墨俣に。

切り崩すならば西美濃三人衆を。

濃の献策があったからこそ、いまこうして美濃の広大な平地に馬を走らせることができているのだと思うと、なんだか気恥ずかしくなってくる。

桶狭間にむかう前日、信長は濃と約束した。

美濃の地を取り返し、お主にくれてやる。

しかし、取り返したのは濃自身だ。信長は言われるままに、兵を動かしたに過ぎない。

なのに。

濃はみずからの功をひけらかしはしない。策はすべて夫である信長が考えたことだとしらばっくれ、みずから表に立とうとはしない。己はあくまで信長の正室であり、それ以上でもそれ以下でもないという立場を保っている。

この女が男なら……。

そう思わぬでもない。

小高い丘の上で馬を止める。隣に濃が並ぶ。丘の下に広がる肥沃《ひよく》な田畑のむこうに、金華山《きんかざん》が見える。その頂付近に、豪壮な山城がそびえていた。

秋の高い空の元で、濃が屈託のない笑みを浮かべ、腹の底まで息を吸う。それをゆっくりと吐き出してから、金色の稲のなかで働く米粒のような民に優しい視線を投げる。

「変わっとらんな。山々も田畑も川も、この稲葉山の城も」

生まれ故郷に戻ってきたことを、心の底から喜んでいるような声に、信長もついつい顔をほころばせる。

この女のためという訳ではない。みずからの覇道のために美濃を獲《と》った。心のなかでそう思うのだが、覇道といっても、何をすれば良いのか正直わからない。

己はどこまで行けるのかと問うてみても、誰が答えてくれる訳でもない。義元が死んだ後、今川家の人質であった松平元康《もとやす》が三河を領し、信長との同盟を求めてきてから西の脅威は無くなった。尾張を統一した後は、美濃を標的とするのは自然の成り行きだった。漠然とした目標にむかって突き進んでいるうちに、濃のおかげで美濃を手中にできた。

次の一手は？

明確な答えはない。

「名は変えるぞ。岐阜だ。岐阜城」

稲葉山城というのは斎藤家の城であったころの名だ。己の城となったのである。一刻も早く変えたかった。中国の周《しゅう》の王が岐山《きざん》から起こって殷《いん》を滅ぼしたという故事に倣い、岐阜と名付けた。坊主の献策であるが、我ながら良い名であると思っている。

「相変わらず格好《しこ》ばっかじゃな」

吐き捨てるように濃が言った。呆《あき》れたような目が、信長を見ている。

何もかも見透かされているような心地になるのはいつものことだ。

そう。

格好ばっかりなのだ。

人前で強がって己を大きく見せるくせに、肝心なところで頭が回らない。そんな自分に嫌気がさすのだが、生来の気性であるからいかんともしがたい。己の尊大な物言いや姿に中身を与えてくれたのは、濃なのだ。

わかっている。

だが、素直に認めたくはない。認めてしまえば、己が愚かであることも認めなくてはならない。

己だって……。

捨てたものではない。この女がいなくても存分にやっていける。

「お主は住まんでもええぞ」

想いが言葉となって溢《あふ》れ出た。

真意がわからぬといった素振りで、濃が小首をかしげながらこちらを見ている。信長は言葉を重ねた。

「鷺山《さぎやま》を与えよう。お主が生まれ育った地であろう。化粧料として、お主の存分にせよ」

そのほうが、己にとっても濃にとっても幸福な道であろうと思う。

己は心の底を見透かされている濃の目を気にしなくて済むし、濃は己のような情けない夫に失望しながら生きずに済む。生まれ育った地で、各務野のような心の許せる者たちと暮らしたほうが、岐阜城で己と一緒にいるよりも何倍も心穏やかな暮らしができるはずだ。

濃のことを思っての言葉であることに嘘偽りはなかった。

濃が目を逸《そ》らす。

あんなに嬉《うれ》しそうに笑っていた顔が、かすかに曇った。

「ほうか……。美濃を手に入れたいま、人質じゃったわらわの役目はもはやあらへん、ということか」

人質……。

その話は義父が死んだ日に終わっている。お主はわしの妻だと、はっきりと言ったではないか。人質が濃の役目なら、あの日、みずから命を絶とうとするのを止めはしなかった。

そういうことではない。

必死に笑ってみるが、頬が強張《こわば》る。硬い笑みを浮かべながら、濃へと言葉を投げた。

「もはや好かん男の妻である必要はねぇでな。嬉しかろう」

「おまい様も好かんおなごの夫でのうなる。まっことめれたいこっちゃ」

「いかにも」

よそよそしい言葉を秋風が払ってゆく。十月の風を首筋に受け、信長は小さく震えた。

「ほんなら離縁じゃな」

言って濃が笑う。信長に負けず劣らずの、硬い笑みだ。

「お主が申し入れやぁ、いつでもそのようにいたす」

信長のほうから離縁を申し出る気はなかった。ただ、故郷の地で平和に暮らしてほしい。それだけのことだった。それがどうして、こんな話になるのか。どこから間違ったのか。追及したところで、何も変わらない。取り繕おうとすればするほど、どんどん道を逸れて行くのは目に見えている。

「わらわから申すは筋違いじゃ。おまい様が申し付けてくんさりゃ、ほんでええ」

ぎこちない笑みを浮かべる濃は、言って何度もうなずいている。

「お主が申し入れやあ」

「おまい様から」

そこで、言葉が途切れた。どちらからともなく相手を見つめ、次の一歩を踏み出せなくなる。堅苦しい笑みで相手を急《せ》かすが、切り出すことは信長にも濃にもできない。

「殿！」

いきなりの声に、目の前の濃が肩を震わせた。声のした方を見た信長の視界に、走らせてきた馬を止めて鞍《くら》から飛び降りる家臣の姿があった。

丹羽長秀である。

米五郎左《こめごろうざ》といわれる男であった。米のように常に必要な男だというところから付けられた仇名《あだな》である。じっさい長秀には、兵の動き、兵糧や武具の差配など、戦を遂行させる一切の諸事を滞りなくやり通すだけの冷徹な才があった。

そんな長秀が、丘を走りながら、馬上の主《あるじ》の元まで来て片膝《かたひざ》を突いた。

「五郎左、いかがした」

馬上から声をかける。

長秀の到来で、濃との会話が中断したことに、安堵《あんど》を覚えている己に多少の戸惑いを感じるが、いまは忠実な臣からの報せに心を移す。

「内々に和田伊賀守《わだいがのかみ》殿が殿にお会いしたいと」

和田伊賀守……。

その名を思い出す。

たしか越前《えちぜん》にいる先の将軍の弟に仕えている男の名だ。先々代の将軍、足利義輝《あしかがよしてる》が京にて腹心たちの謀反の末に殺されると、僧であった弟は還俗《げんぞく》して追及の刃《やいば》から逃れた。その時、名を義昭《よしあき》と改めた。

義昭は、兄を殺した三好《みよし》の者たちが担ぎ出した義栄《よしひで》を排し、みずからが将軍になるために各地の有力な大名の力を頼ろうとした。いまは越前の朝倉義景《あさくらよしかげ》の元に身を寄せていると、信長は聞いている。

その義昭の家臣のなかに和田伊賀守の名があった。

将軍の従者が……。

「何の用だ」

ぞんざいに問うた信長に、長秀は片膝立ちのまま答えた。

「おそらく将軍家、足利義昭様ご上洛《じょうらく》のご相談かと存じます」

「足利義昭様？」

「つまり、ともに京へ上り、将軍となる手助けをしてほしいと」

「誰が？」

「殿が」

「わしが義昭公とともに京へ？」

義昭が頼る朝倉義景の所領である越前は、北から到来する船が寄港する港を持ち、莫大《ばくだい》な富を生むと聞く。義景を頼って京にのぼれば良いものを、何故己などに声をかけるのか。そんな疑問が、素直に口からこぼれ出た。しかし長秀は、戸惑う主をよそに、冷静な男には珍しく頰を上気させながら、馬上を見上げた。

「ともに幕府を再興し、天下を治めようという御所存！」

長秀の気迫に押され、信長は馬上で言葉を失う。

そんな夫を濃は黙したまま見守っている。

濃の前で無様な姿は見せられぬと腹を括《くく》って、とりあえず何かを言おうとした信長の機先を制し、長秀が熱を帯びた声を発した。

「しかれども殿、これは到底できぬ話……。義昭様は、武田にも上杉《うえすぎ》にも断わられ、やむなく桶狭間以降名を馳《は》せている殿に話を持ち込まれたものと……。恐れながら、軽挙妄動なさいませぬよう」

うっかり……。

長秀の熱に浮かされて、上洛してやろうと口走るところだった。よもや興奮を面《おもて》に出していたはずの長秀の口から、軽挙妄動を慎めなどという言葉が出て来るとは思わなかった。

「こんな話に飛びつくのはたわけじゃ」

唐突に濃が言って、長秀の肩を持つ。信を置く長秀だけではなく、濃までもが上洛を否定する。

ならば。

道はひとつではないか。

「うむ、踊らされやせん」

二人に同意する言葉を吐いた。長秀が大きくうなずき、馬上の信長に答える。

「賢明なるご判断と存じまする」

危うく、義昭の求めに応じるところであった。

たしかに義昭は先の将軍の弟とはいえ、なんの力もない。独力で兵を集めることが叶《かな》わぬから、諸国の大名に助けを求めているのだ。

足利将軍家に天下を治める力があったのは昔の話。名ばかりの将軍を助け、周辺の大名を敵に回すのは得策ではなかった。

「じゃが！」

研ぎ澄まされた濃の声が、安堵していた信長の胸に突き立った。驚きを隠すように、顔を引き締めながら、信長は笑みを取り戻した濃の顔を見る。

先刻まで曇っていた瞳《ひとみ》が、秋の日を受け光り輝いていた。

嫌な予感がする。

「尾張の大うつけがやらんで誰がやろう？」

悪戯《いたずら》な声が信長を撫《な》でる。

「黙れ、お主は余計なことを申すな」

また始まった。

濃はいつもこうだ。何かが定まろうとしたところで、すべてをひっくり返そうとする。

天邪鬼《あまのじゃく》なのだ。

信長や家臣たちのすることが、いちいち気に喰《く》わないのである。

「愚かな夢物語か？」

鞍から身を乗り出し、濃が挑発するように信長を下から仰ぎ見る。

愚かな夢物語という言葉は、昔信長が濃に発したものであった。

上洛を夢見た義父の展望を濃が語った時に、吐き捨てるようにして言ったのを信長は覚えている。そしていま、濃はそれを蒸し返して、挑発しているのだ。

「どこまでも領地を広げ、どこまでも上へ行く。それが父とわらわの夢じゃった。わらわはおまい様を利用し、それを成す」

己を利用する……。

家臣達の前で臆面《おくめん》もなく言ってのける濃の正気を疑う。が、どこまでも上へという気持ちは、信長も持っている。尾張と美濃で終わってなるものかとは思う。思うが術《すべ》が見つからない。

「肝要なるは早さじゃ！　一気呵成《いっきかせい》に上洛できるか否か」

何かに憑《つ》かれたかのように、濃がまくしたてる。

「もたもたしとったらすぐに包囲網を作られるぞ！」

熱い眼差《まなざ》しで正面から見つめられ、濃の声を聞いていると、すでに義昭を擁して上洛の途についているような心地になる。

美濃から京へ。

たしかに濃が言う通り、なによりも早さが必要だ。美濃を獲《と》った時のように七年もかかっていたら、周囲の敵が結束し、織田家を潰《つぶ》しにくるだろう。そうなる前に上洛し、義昭を将軍の座に据えるのだ。将軍の威光さえあれば、敵の刃も鈍るはず。

迅速に兵を動かすためには……。

「道じゃ。すばやく行軍できる大道を作る！」

気付けば叫んでいた。

濃が満足そうにうなずく。

信長は桶狭間の時を思い出していた。軍議の席で何も言えず、広間でひとり寝転がっていた信長を、濃は挑発して立ち上がらせた。濃が紡ぐ言葉にうながされるように、信長も言葉を返し、みるみるうちに策が組み上がっていった。

あの時の熱が、信長の胸にふたたび灯《とも》っている。

たしかに一日でも早く上洛するに越したことはない。だが、京までの道程には、浅《あざ》井《い》、六角《ろっかく》などの強敵が立ちはだかっている。

胸のなかの不安を、濃に投げる。

「上洛するには、立ちふさがるあまたの敵をすべて倒さんならん。たどり着けん」

細い眉《まゆ》をゆがめて、濃が口をつぐむ。真剣な面持ちで虚空をにらんだかと思うと、顔がぱっと明るくなり、煌《きら》めく瞳が信長を見つめる。

「倒した敵を従わせ、兵に組み入れて行ったらどうじゃ？　進みゃ進むほど兵が増えてくわ！」

そうだ。

濃の言う通りだ。倒した敵を従えていけば、兵の数は膨らんでゆく。

大軍を保つには……。

「銭と米が大量に必要だ！」

想いのまま叫ぶ。

「まかなえんのか」

不安が濃の顔ににじむ。くるくると変わる想いを顕《あら》わすように、妻の表情は定まらない。

先の将軍の弟を擁して上洛《じょうらく》を目指すのだ。生半《なまなか》な道程ではない。憂慮すべきことはいくらでもある。希望と不安のめまぐるしい変転の最中にあるのは、濃だけではない。

信長も同じだ。

だからこそ。

強気で行く。

「否じゃ！」

胸を張って断言する。

「義昭公を奉じた公儀の軍じゃ。いくらでも徴収できよう！」

不安を笑みで払拭《ふっしょく》し、濃は新たな疑問を口にした。

「まずは浅井長政《ながまさ》、いかに調略すべし！」

美濃の隣国、近江《おうみ》の浅井長政が、はじめの敵となるのは間違いない。濃は調略という言葉を口にした。攻略ではない。調略である。

「同盟を結ぶ」

信長の答えに濃がうなずきを返す。同盟を結ぶには、それなりの土産がいる。浅井長政は若いが賢明な男であるという。

ならば……。

「妹を差し出す！」

濃が満足したように、己《おの》が膝《ひざ》を叩《たた》いて満面の笑みを見せる。

気付けば信長の頭から、上洛せぬという選択は消え去っていた。濃に乗せられているとわかってはいながらも、それで良いと思っている。桶狭間の時も、それで勝った。濃と築き上げた策は何事も叶う気がする。

そんな己の予感を確かめんがため、信長は馬上で濃と策を練る。陽が西に傾きはじめていることも構わず、一心不乱に語り続けた。

義昭の申し出を受ける。

それが次なる一手。

信長の心は微塵《みじん》も揺らぎはしなかった。

六

信長が足利義昭とともに京を目指して一年あまりが過ぎた。

濃は美濃の地で、平穏な日々を送っている。

夫は妹の市《いち》を近江の浅井長政に嫁がせ、浅井との同盟を果たすと、南近江へと兵を進めた。南近江では、近江源氏《げんじ》の裔《すえ》、六角家と干戈《かんか》を交えることになった。今川家に一歩も引かず勝利を収め、美濃斎藤家を七年もの激闘の末に打ち破った織田家の猛攻に、さしもの六角家も耐え切れず、当主の六角承禎《じょうてい》が居城である観音寺城《かんのんじじょう》を放棄して甲賀へと逃亡。京へと入った夫は、山城を支配する三好家をも退け、近江で待っていた義昭を、京に呼ぶことに成功したのである。

将軍宣下《せんげ》の儀を済ませ、晴れて将軍となった時、義昭は涙を流し夫のことを〝我が父〟という最上の言葉で賞したという。

あの尾張のうつけが、京の将軍に父と呼ばれるまでの男となった。

夫が美濃を留守にして一年。

どれほどの男になっているのか。愉《たの》しみでもあり、不安でもある。

美濃で夫の帰りを待っている濃は、何ひとつ変わらない。年をひとつ重ねはしたが、心はいまだ那古野城の門をはじめて潜《くぐ》った時のまま。どれだけまわりが変わろうと、住む所が違おうと、濃は濃である。

しかし……。

夫は違う。

戦を経るたび、大敵を打ち滅ぼすたびに強くなっている。まわりの者にはわからずとも、濃にはわかる。夫は少しずつ大きくなっていた。自信がないから尊大に振る舞い、自分を大きく見せようとしていた男が、ゆっくりとだが己を信じられるようになっている。己を信じるたびに、強く、大きくなってゆく。

近江の浅井長政を義理の弟にし、六角を打ち破り、三好を京から追い払い、義昭を将軍にした。その間、濃はそばにはいなかった。すべて夫が一人でやったことだ。

もう、己がいなくても夫は十分にやっていける。

そこまで考えて、濃は自嘲《じちょう》する。はなから助けるつもりもなかったのにと。

父の敵であった。尾張は父が平らげるはずだった。そのために、濃はあの男の妻となったのだ。

己は何ひとつ変わっていない。その想いは揺らがない。

でも……。

どこで道を違《たが》えてしまったのか。

父が兄に討たれた時か。

違う。

桶狭間は父が殺される前のこと。あの時にはすでに、夫の尻《しり》を叩いて戦わせていたではないか。あれは尾張が今川義元の手に落ちたら、父にとって夫以上の敵になるから、それを阻んだまでのこと。

などと心中で言い訳を繰り返す。

夫に死なれては困る。

それは何故か。

亡き父の想いを果たすための道具だから。それは夫にも伝えている。いまも夫はその言葉を信じているはず。

道具なのだ。

あの夫は。

ならば。

この胸の痛みはなんだ。

夫からの報せが美濃に届くたびに、濃は苛立《いらだ》ちを募らせてゆく。

そんな日々も終わりの時が来た。

都に来い。

夫からの命だった。

京、清水寺《きよみずでら》に織田家の旗がひるがえっていた。濃は夫の腹心、木下藤吉郎に誘われるまま、本堂へと向かっている。

木下藤吉郎。

下人として織田家に仕えはじめ、夫の草履取りを務め、足軽から足軽大将、そして侍大将へと、己が才覚のみで伸《の》し上がった男である。皆からサルと呼ばれているのだが、その姿を見ると濃もさもありなんと思う。背丈が濃よりも低く、鼻の下が長くてサルの顔を思わせる。そのうえ身軽で、常の身のこなしが人よりも素早い。いまも目の前を歩いているのだが、背後の濃をおもんぱかり歩調に気を遣っていながらも足運びが忙《せわ》しなかった。この気忙しさが、無駄を嫌う夫と相性が良いのだろうなどと思いながら、小さな背に従う。

「ご無礼いたしまする！」

濃を縁廊下に控えさせ、藤吉郎が一人本堂に入って平伏した。金色の本尊を背にして座る夫の承服の声を受け顔を上げた藤吉郎は、本堂内にうず高く積まれている品々を見渡し大声を放つ。

「いやあ、お宝の山でござぃますな！　まことに殿にふさわしい壮観さでござぃます！」

大袈裟《おおげさ》な物言いはこの男の常であった。人を上機嫌にさせる術《すべ》を、藤吉郎は心得ている。人の懐に入り込むのが上手《うま》い。濃はそういう男はあまり好きではなかった。誰彼構わず懐を開いて、相手の間合いに飛び込む。そんな無遠慮な様が、どうしても気に喰《く》わない。だが、夫は大層、藤吉郎を気に入っている。

縁廊下に顔を伏せたまま控える濃の耳に、懐かしい夫の声が聞こえてきた。

「知った口を利くな藤吉郎。何の用じゃ」

声が跳ねていた。おだてられて喜んでいる。この一年で、どれほど変わったかと楽しみにしていたのだが、どうやら己を大きく見せる癖は治っていないらしい。

「は、お方様がござらしました！」

「来たか、通せ」

何故か。

胸の奥が騒がしい。

顔を伏せたまま、敷居をまたいで本堂に入る。藤吉郎の斜め後ろに控え、深々と頭を下げたまま、濃は治まらない動悸《どうき》に戸惑っていた。

「長旅、ご苦労であった。どうじゃ京の都は？　この貢物の山を見よ。みな京の公家《くげ》や商人《あきんど》がわしに持ってきた逸品じゃ」

相も変わらず己を大きく見せようとしている夫の威勢の良い言葉に、動悸がすうっと治まってゆく。

皮肉混じりの言葉でたしなめなければ気が済まない。そう思い、ゆるりと頭を上げて上座の夫を見据えた。

「その鎧《よろい》などは、源義経《みなもとのよしつね》が一《いち》ノ谷《たに》の戦いでまとっていたものだというが真贋《しんがん》は疑わ……」

目と目が合った刹那《せつな》、夫が息を呑《の》んだ。濃の顔を見たまま、固まっている。

久方ぶりに見た夫の顔からは、昔以上の強さも大きさも感じなかった。そんな失望よりも先に、驚くように目を見開いている表情が気になった。

「ど、どうした？」

まじまじと濃を見つめながら、夫が問う。

「何がでおじゃるか？」

濃は努めて平静に問いを重ねた。

「……顔じゃ」

言われて、夫の問いの真意に気付いた。

この日のために化粧をした。白粉《おしろい》を付けたのは、生まれて初めてといってよい。各務野たちに頼むのも照れ臭いから、ここに来る前に密《ひそ》かに鏡の前で一人でやった。

我ながら良い出来であると思う。

「田舎者と笑われとうないゆえ。どうじゃ、麗しゅうおじゃろう？」

言葉も雅《みやび》にしている。

隙はないはずだ。

「うん、なかなかうるわ……。うるわ」

夫が肩を震わせ、うつむいている。

「ぶはっ！　はははははっ！」

夫が大声で笑い出した。すると、さっきまで顔を伏せていた藤吉郎まで、身を仰《の》け反らせて笑い出す。

わらわの顔を見て……。

上座をにらむ。

すると夫は、腹を抱えながら掌《てのひら》をひらひらと左右に振ってから、大笑する猿顔を指差した。

「わ、わしだないて！　こいつだ！　藤吉郎が先に笑っはははは！」

「殿が先でござ……。私は殿につられてひゃひゃひゃひゃひゃ！」

「黙れサル！　お主が先じゃははは！」

悔しくて涙が出そうだった。顔を笑われたこともそうだが、それで泣きそうになっている己自身にも腹が立つ。

こんなことなら……。

手で顔を拭《ぬぐ》う。

「お、お方様、やめてちょーでぁませ、ますますおかしう……。あやしう、ひゃひゃひゃ！」

「腹痛い！　腹痛い！」

座っていることすらままならず、二人が転げながら笑う。

こんなことのために京に来たのではない。

立ち上がる。

「美濃に帰るっ！」

「待て待て待て！」

夫が上座から乗り出して、濃を止める。立ち上がったままの濃の肩をつかみ、涙を流しながら笑う藤吉郎を見下ろした。

「サル、頼みがある」

「は？」

呆《ほう》けた声で答えた藤吉郎を見る夫の顔に悪戯《いたずら》な笑みが浮かんでいた。


人と人の間を抜けながら、夫とともに歩く。

さすがは京の都である。長年の戦乱に巻き込まれ、幾度も焼かれながら、それでもなお繁華な賑《にぎ》わいは失われない。夫の言葉では、毎日のように方々で市が立っているという。美濃では考えられなかった。商人や百姓たちが集って城下で市を開くのは、定められた日に限られている。そうしなければ品物が集まらないし、客も銭を使わない。

しかし京は違う。

帝《みかど》がいる。公家がいる。将軍がいる。国の真ん中には人が集まる。日《ひ》ノ本《もと》で最も多くの人を抱える都には万物が集い、銭も集まってくるのだ。毎日のように市が開かれていたとしても、品物も客も銭も尽きないのである。

濃も夫も、ぼろぼろの服を着て人ごみのなかをさまよっていた。誰も織田信長とその正室だとは思わないだろう。

夫は藤吉郎に、留守をごまかせと頼んだ。夫と濃がいない間、家臣たちに気付かれないよう、煙《けむ》に巻けと命じたのである。無理じゃ無理じゃと騒ぐ猿に、夫はなんとかしろと強引な言葉を投げると、かねて用意していたのであろうほつれだらけの服を濃に着けさせ、みずからも着替えて寺を抜け出したのだった。

並べられた樽《たる》に穀物を山盛りにして大声で客を呼ぶ商人や、手にした刀を振り下ろして兜《かぶと》を割ってみせる武具売り。見たこともないような果物を売る者に、都の近くで取れたという不思議な形をした野菜を並べた店などなど。往来を埋め付くすように並んだ店のなかで、濃が足を止めたのは、一軒の焼き物屋だった。

異国の焼き物を売っている。滑らかな白色の皿や器に、色鮮やかな草花などが描かれていた。陶器だということは、濃も知っている。美濃は田舎ではない。都に集まる珍しい品々が、城下の市に並んでいることも少なくなかった。

濃は陶器が好きだった。

つるつるとした手触りと、うっとりするような光沢がたまらない。

並べられた陶器のなか、おもしろい形をした品物に思わず手が伸びた。

蛙である。

三本足の蛙をかたどった、どうやら香炉であるらしい。部屋で香を焚《た》いてしおらしくするなど性に合わないが、滑稽《こっけい》な蛙の顔に妙に魅《ひ》かれた。

大きな目にへの字に結んだ口。

どこか。

夫に似ていた。

そう思うと、自然と口許《くちもと》がほころぶ。いつの間にか、寺でのことは綺麗《きれい》さっぱり忘れていた。

「おおきにっ！」

目の前に立っていた店の主人が言った。驚いて顔を上げ、夫を見る。

「行こまい」

「あ」

蛙を棚に返そうとする手を夫がつかんだ。

「それは、お主のもんじゃ」

照れているのか、夫は顔を背けながらぞんざいに言った。どうやら銭を払ってくれたらしい。

ありがとう……。

照れ臭くて口にできない。

「南蛮人じゃ！」

二人で美濃の草原を駆けていたころを思い出すような嬉々《きき》とした声で、夫が言った。

その指がさす方を見ると、大柄な男と女が踊っている。

「南蛮人？」

濃が問うと、夫が手首をつかんで、踊りの輪のほうへと走り出した。

「何と奇々怪々ないでたちじゃ！」

夫が言った通り、南蛮の者たちは男も女も見たことのない着物を着けていた。男は足にぴったりと張りついたような袴《はかま》を付け、足を覆う革製の履物に、袖《そで》が細く首のまわりを襟で囲った形の上着を着ている。女はくるぶしから上を大きな布で覆った、股《また》のない袴のような物を着けて踊っていた。その大きな布が、異国の女の激しい動きに合わせてひらひらとはためくから、周囲で見物している男たちの目を一心に集めていた。

「奇妙な舞いよ！」

濃は言って、蛙を懐にしまった。

心を掻《か》き立てられる旋律を持った異国の音楽に、ついつい手足が動く。それを見ていた異国の女が、濃の手を引いて輪に引き入れた。夫も続く。

異国の音色に身を委《ゆだ》ねて夫とともに踊る。懐に忍ばせた蛙を肌で感じながら、夫に手を取られて踊っていると、何もかもがどうでも良くなってくる。

美濃も、尾張も、斎藤も、織田も。

男も女も。

好きも嫌いも。

ここにあるものが全てではないか。

夫がいて己がいる。

それで良い。

それが良い。

しかし、至福の時は唐突に終わりを迎えた。異国の音楽が止み、南蛮人たちが喚声と拍手で夫と濃を讃《たた》えている。周囲で見ていた都の民も、いつの間にか一緒になって二人に拍手を送っていた。

異国の商人たちの輪から外れ、ふたたび往来を歩み始めると、少年がいきなり夫にぶつかってきた。

「スリじゃ！」

夫が叫び、人を押し退けるようにして走り出す。遅れを取る濃ではない。駆け去る少年の背中を見据え、夫を追う。

器用に人を掻き分けながら、少年が右に左にと入り組んだ都の道を走る。

「退《ど》けっ！　退かんかっ！」

往来を行く者たちに叫びつつ、夫が追う。懐の蛙を衣の上から押さえながら、濃も走る。どれだけ道を曲がったのか。いきなり少年が立ち止まった。

人がやっと交差できるかというほどの狭い路地である。道の傍にはなんの骸《むくろ》かさえ判然としない朽ちた肉と骨が転がり、饐《す》えた匂いがどこからともなく漂ってくる。いままで見ていた繁華な都の姿からは想像できぬほど荒れ果てた場所に少年は立ち、大と濃をにらんでいた。

観念しているという風ではなかった。煤《すす》と垢《あか》で汚れた顔には、不敵な笑みが張り付いている。

「返せ」

夫が言った。

それを合図にしたように、路地の隙間から男たちが姿を見せる。そこいらの町人には思えない。武士崩れの牢人《ろうにん》である。

「身ぐるみ全部置いていきな」

少年の隣に立つ男が言った。

「この御方をどなたと心得……」

「行くぞ」

濃の言葉を止めるようにして言った夫が、手をつかんで男たちに背を見せた。

だが。

その行く手をはばむように、新手が姿を現した。

「そうはいかねぇなぁ」

男たちが笑う。

「へへ……」

下卑た笑みとともに、男のひとりがおもむろに濃に手を伸ばして来た。女を人質に取り、夫の動きを封じようという策なのであろう。

舐《な》めるな……。

懐に忍ばせた短刀を引き抜く。師との修練の動きそのままに、薄汚れた喉仏《のどぼとけ》めがけ迷わず刃を振るう。

悲鳴を上げる暇《いとま》もなく、男が首を斜めに斬り裂かれ、朽木のごとくばたりと倒れた。

殺した……。

はじめて人を殺《あや》めた。ためらいはない。後悔もない。身に降りかかる火の粉を払ったまでだ。ただ、心の臓はそうもゆかなかった。男の喉から噴き出した血飛沫《ちしぶき》を見てからというもの、濃の胸は張り裂けんばかりに脈打っている。

「濃っ！」

抜刀した夫が叫びながら、骸《むくろ》の隣で驚いて固まっている男の腹を躊躇《ちゅうちょ》なく刺した。

血飛沫を上げる男から、さっと退き返り血を避《よ》ける。

「殺《や》ってまえやっ！」

先刻の男が吠《ほ》えた。

男たちがいっせいに襲いかかってくる。

降って来る刃を掻い潜《くぐ》りながら夫が見事な太刀さばきで瞬く間に三人を切り倒す。

負けじと濃も二人斬る。

その時……。

蛙が懐から逃げ出した。

「あ」

男たちは隙を見逃さなかった。

後ろから羽交い絞めにされ、そのまま強引に倒される。

「止めいっ！」

叫んだところでどうなるものでもない。生臭い男の息が鼻に触れる。覆い被《かぶ》さる男の背後に下卑た顔がいくつも並ぶ。

こんなところで恥ずかしめを受けるくらいなら死んだほうがまし……。

男の手が胸元に伸びようとするなか、濃はみずからの舌を上下の歯の間に滑り込ませた。

「わしの女に何をしよるっ！」

怒気に満ちた声とともに、目の前の首が真上に飛んだ。男の力が消えると、濃の体が浮き上がる。夫が腕をつかんで引き上げてくれたのだ。

「走るぞ」

夫が濃の腕をつかんだまま路地に足をむける。その熱い掌を振り払う。

「なんじゃ」

怒りとともに問う声を耳にしながら、濃は地に転がる蛙を拾い懐に仕舞った。

「行こまい」

二人して走り出す。

多くの仲間を斬られた男たちは、一瞬呆気《あっけ》にとられはしたが、濃たちが逃げたことを悟って追い始めた。

どれだけ駆けただろうか。

濃は夫に誘われるようにして、荒れ果てた御堂のなかに逃げ込んだ。蜘蛛《くも》の巣が張ったかび臭い堂内で、二人して息を潜めて、男たちをやり過ごす。

壁に切られた格子戸から、紅《あか》い光が差し込む。

懐の蛙を衣の上からさする。

どちらからという訳でもなかった。

たがいを見たまま体を寄せる。言葉を吐こうともせず、ただ見つめ合う。

胸の鼓動が早鐘のように打つのを抑えきれない。

人を殺した……。

昂《たか》ぶっている。

気付いた時には、夫を押し倒していた。そのまま口と口を触れ合わせる。

織田信長……。

濃がはじめて愛した者の名であった。

七

義弟の浅井長政が。

裏切った。

撃たれた傷を縫われる痛みすら生温《なまぬる》く思えるほど、信長の総身は怒りの炎に焼かれている。

何かと目をかけてやっていた可愛い義弟であった。北近江を治める若き俊英であると知ったから、妹をくれてやったのだ。義昭を擁しての上洛《じょうらく》の折も、義兄様《にいさま》、義兄様と言って粉骨砕身働いてくれたではないか。末には織田家一門衆の筆頭格となってくれると思っていた。

だからこそ余計に腹が立つ。

恐らくこの怒りは、長政を殺したところで晴れるものではないだろう。

実の弟よりも信を置いていた義弟が裏切ったのだ。しかも最悪な状況のなかで。命からがら岐阜城へとたどり着いた家臣たちの顔にも疲れが滲《にじ》んでいる。皆よく生きて美濃へと戻れたものだ。みずからの命がいまもあることを信じられずにいるように、誰もがうつむいたまま動かない。

発端は将軍義昭への挨拶《あいさつ》のために、近隣の大名に上洛を促したことであった。将軍の名代として、信長は方々の大名に書状を送った。

すみやかに上洛すべし。

己は将軍に父同然に扱われる男だ。尊大で何が悪い。この上洛の要請は、そもそも織田家に逆らう者をあぶりだすために仕組んだことだった。

多くの大名たちが上洛はせずとも、謝辞を顕《あら》わす返書を送ってきたなか、黙殺を決め込んだ者がいた。

越前の朝倉義景である。

義景は、将軍義昭が信長の元へ来るまえに頼みとしていた男であった。将軍家が頼みとするほどの威勢を張る越前の大名は、成り上がりの信長を歯牙《しが》にもかけなかったのである。

望むところだ。

信長は越前攻めを決意した。

義景が領する越前には、北から品々を運ぶ船が寄港する敦賀《つるが》という良港がある。蝦《え》夷《ぞ》や陸奥《みちのく》から運ばれてきた貴重な品々が、敦賀から近江の琵琶湖《びわこ》を経て京へと入るのだ。それだけに敦賀の港は莫大《ばくだい》な富を生む。

敦賀を押さえれば、長政の治める近江から京までを信長は一手に仕切ることができる。そういう意味でも朝倉が逆らってくれたことは、都合が良かった。

徳川家康《とくがわいえやす》の援軍をも招き入れた信長は、大軍を擁して越前に入った。もちろん、この時はまだ織田家と同盟関係にあった長政の領する近江を悠々と北上しての進軍であった。

敦賀を徹底的に攻め、要衝、金ケ崎城《かながさきじょう》を落としたころ、変事はいきなり訪れた。

浅井長政、謀反……。

この報せを受けた信長は、己の耳を疑った。あの義弟が、己を裏切るとは思いもしなかったのだ。

ただ、思い当たるふしが無いとは言えなかった。長政と妹、市との縁組の際、ひとつだけ約束していたことがあったのである。

越前、朝倉と事を構えぬこと。

浅井家は代々、朝倉家とは深い縁で結ばれており、近江に変事がある際は朝倉が浅井を助けてきたという因縁がある。織田家との縁は結ぶが、朝倉家も捨てきれぬ。長政が悩んだすえに求めた願いを、信長は縁組に際し快く受け入れたのである。

今回の出兵は、そんな長政の願いを無視して強行された。

近江を北上する際には、不審な点はなかった長政であったが、義兄が越前深くへ兵を進めたのを見計らって、反旗をひるがえした。

当初は信じられなかった義弟の謀反であったが、近江からの報せが次々と入ってくると、さすがの信長も信じずにはいられなくなった。

長政が裏切ったとなれば、琵琶湖の東岸は押さえられ、織田、徳川勢は朝倉との間で挟み撃ちになってしまう。

逃げる。それ以外に選択肢はなかった。

家臣たちを置き去りにするようにして、信長は単身、琵琶湖の西岸に位置する朽木《くつき》谷《だに》を経て都へと逃げ帰る。家臣たちも兵を引き連れ次々と戻って来るなか、信長は態勢を立て直すために、岐阜城にむかった。

悪いことは重なるものである。

美濃へと逃げ帰る途上、林道で刺客に撃たれた。

幸い命に別状はなかったものの体を銃弾が二発かすめ、信長は傷を負いながらなんとか岐阜城へと戻ったのである。

岐阜城へと帰り着いた信長は、傷の手当てもせぬまま本丸の広間で軍議を開いた。

上座に腰をすえながら、衣を脱いで肩の傷を縫わせている。視界には広間の左右に並ぶ家臣たちの姿があった。

一番上手《かみて》のひときわ大きな体がブルブルと震えている。柴田権六勝家であった。

「斎藤秀臣《ひでおみ》、討ち死に。戸田源蔵《とだげんぞう》、討ち死に」

乱雑に重ねられた書状の山をひとつひとつ取り上げながら、勝家が読み上げている。

それらは家臣たちに対する報告であり、大半が討ち死にを報せるものであった。

「小久保庄三郎《こくぼしようざぶろう》、小一郎《こいちろう》、討ち死に。原田助六《はらだすけろく》、討ち死に。荒井頼長《あらいよりなが》、頼宗《よりむね》、討ち死に……」

そこまで読み上げた勝家が、荒い鼻息をひとつ吐いて手にしていた書状をぐしゃりと潰《つぶ》して放った。白目には黒々とした血の道が幾重にも走り、髭《ひげ》に覆われた口からのぞく黄色い歯が力強く噛《か》みしめられている。顔を真っ赤にした赤鬼は、いまにも立ち上がって、この場に集う者全員を斬り殺してしまうのではないかと思うほどの怒りの気を全身から発散させていた。

投げ捨てられた紙の塊が己にむかって飛んでくるのを、丹羽長秀が無言のまま頭を傾け器用にかわす。武の勝家、智の長秀。長年、織田家の両輪として働いてきた二人の阿吽《あうん》の呼吸である。

怒りに震える筆頭家老の足元に広がる書状の山を、隣に座る細面の男がみずからの手許《てもと》に寄せた。林秀貞である。秀貞は山の一番上にある物を手に取って、淡々と読み上げ始めた。

「浅野小吉《あさのしようきち》、平助《へいすけ》、伊之助《いのすけ》、討ち……」

秀貞の言葉を止めたのは、勝家が拳《こぶし》で床を打った轟音《ごうおん》だった。

「なぜにこうなったっ！」

誰にともなく勝家が叫んだ。

「浅井長政めがそむきおったからじゃ！」

答えたのは佐久間信盛《のぶもり》である。勝家も長秀も秀貞も信盛も、長年織田家に仕えてきた者たちである。藤吉郎のように、己《おの》が才によって取りたてられた者ではない。

「浅井の謀反を察知しえなんだ権六殿が、責めを負うべきでは」

言ったのは滝川一益《たきがわかずます》である。この男は、信長が直々に取りたてた。甲賀の出身で忍働きにも使えるため重宝している。

「それがしのせいじゃと申すか滝川！」

非を問われた勝家が怒鳴るのと同時におおきく身を乗り出して、一益を睨《にら》みつけた。

このままでは本当に斬り殺してしまいかねない。

まったく、こんな時に家臣同士で争ってどうなるというのか。

「やめんかっ！」

怒りに任せて怒鳴りつけると、勝家が大人しくなった。その間隙を縫うようにして、丹羽長秀の冴《さ》えた声が広間に響く。

「京にのぼるということは、敵が天下に広がるということ……。それがしは初めからこのようなことになるのではと……」

「この期に及んでかようなことを抜かすな丹羽！　次は首が飛ぶと思え！」

後ろ向きな長秀の発言を、信長は怒りのまま律した。

「殿ぉぉぉぉ……」

広間の端から、聞き慣れた声が聞こえた。皆の目がいっせいにそちらにむく。

木下藤吉郎が立っていた。

藤吉郎の隣に男が並んでいる。背丈が低く猿のような藤吉郎とは対照的にすらりと伸びた長身に涼やかな顔をした男の名は、明智十兵衛光秀《あけちじゅうべえみつひで》といった。越前で牢人《ろうにん》暮らしをしていたが、将軍義昭の家臣、細川藤孝《ほそかわふじたか》の目にとまり、将軍の使いとして美濃に現れた男である。美濃に生まれたといい、守護であった土岐家に連なる家柄だという。そのため、濃とも昔から顔見知りであるようだった。頭が切れ、使い勝手が良いから、信長はこの男を己が家臣同然に使いまわしている。今回も藤吉郎とともに撤退の殿《しんがり》を任せていた。

左右に並ぶ家臣たちの間を歩み、勝家と長秀の前まで進んだ二人に、信長は声をかけた。

「木下、明智、殿をよう務めた」

二人が座して平伏する。

「へぇえ！　ありがてぇお言葉！」

泣きそうになりながら藤吉郎が言うと、顔を上げた光秀がいたって平静な声で言を重ねた。

「お褒めくだされるのはまだ早いかと。時をおかずに打って出るべきでござろう」

「も、もう……？」

疲れ果てている藤吉郎の口から弱音が零《こぼ》れ落ちる。それを聞き流し、信長は胸を張った。

「言われるまでもない。ただちに軍を立て直し、討伐に向かう！　浅井長政の首をはねいっ！」

信長の怒りが、家臣たちに伝わってゆく。

「おおっ！」

拳を突き上げ男たちが吠《ほ》えた。敗戦の疲れで弱気に流されようとしている者たちも、信長の言葉に心を昂《たか》ぶらせている。

皆が一丸となって新たな戦へ臨もうとする熱を帯びた気を掻い潜《くぐ》るようにして、近習である堀秀政《ほりひでまさ》が、信長の元へと忍び寄る。

「殿」

静かに耳打ちをする秀政に、信長は顔を傾ける。

「わかった」

早々に軍議を切り上げなければならぬ理由があった。

熱に浮かされる家臣たちを前に、信長は怒りを鎮めるため深く深く息を吸った。

西に傾いた陽の光が、開け放たれた戸のむこうから射し込んでいた。紅に照らされた濃の背が、信長の目には黒色に染まって見える。斜めに傾《かし》いだ顔が向いているのは、部屋の隅に置かれた人型の玩具《おもちゃ》の方だった。その隣には純白の布が綺麗《きれい》に畳まれて置かれている。本当ならば、その布に赤子が包まれるはずだった。

濃と己の子が……。

胸を刺す痛みを堪《こら》え、信長は寂しげな背中に語りかけた。

「いま帰った。……具合《あんばい》はどうじゃ」

答えはない。こちらを向こうともしない。

「おなかの子は無念であった」

それ以外にかけてやる言葉が見つからなかった。

濃との間に子ができた。

それが……。

流れてしまった。

長政の裏切りで信長が生死の境で奮闘していたころ、濃もまた腹のなかの赤子とともに戦っていたのだ。

信長は生きて生還したが、赤子はこの世に生を得ぬまま冥府《めいふ》へと旅立ってしまった。

「また作ればよい」

死んだ赤子には申し訳ないと思いながらも、いまは濃を元気づけねばという一心で、言葉を紡いだ。

「また作りゃええじゃと?」

背をむけたまま、濃が問う。

信長には返す言葉がない。

「わらわは歳じゃ……。もう子は出来いへん」

「わからんじゃろう」

赤子が出来た。それは間違いない。諦《あきら》めなければ、次もあるはずだ。そう信じなければ、堪え切れない。

「我が子を失《うしの》うて、悲しゅうないのか？」

何故そんなことを言うのか。信長は苛立《いらだ》ちを覚える。

悲しくない訳がないではないか。正室である濃との子だ。男の子であれば、織田家の嫡男だ。

己よりも戦国の世を生きる力に満ちた濃の血を受け継いだ男の子である。きっと、戦国乱世を統べることができるほどの男になるはずだ。

これまで信長は己の子に期待などしたことがなかった。期待しないから、名にも執着しない。奇妙、茶筅《ちゃせん》と頭に浮かんだ語をそのまま与え、三人目の子は名づけもしなかった。

所詮《しょせん》、子は己ではない。どう生き、どう死のうが子の勝手。その程度の生き物でしかないと思っていた。

濃との子が出来るまでは……。

幼名というものをはじめて真剣に考えた。男と女のふたつ。濃の腹に子が宿ったと知った時から、必死に考えた。

それももう、使うことがない。いや、きっとまた……。

「そうじゃろう、悲しゅうないのじゃ」

沈黙に耐えきれなくなったように、濃が吐き捨てた。いつの間にか振り返って信長を見上げている。

薄暮に浮かぶ濃の顔は、驚くほどやつれていた。頬がこけ、目の下には濃い隈《くま》がある。

よほど辛《つら》かったのであろう……。

胸が締め付けられ、何も言えない信長に、濃の罵声《ばせい》が飛ぶ。

「おまい様にはお子がぎょうさんおられるでな。麗しい吉乃殿の子や、かわええ鍋《なべ》殿の子らが……！　好きでもないわらわの子など初めから欲しゅうはなかったんじゃろう！　生まれてこんで安堵《あんど》しとるんじゃろう！」

なんということを……。

悲しみが怒りへと変容する。

「くだらぬことを申すな！　戦のさいちゅうじゃ！」

思わず叫んでいた。

止まらない。

「こたび数え切れぬほどの兵を失った！　わしも命を落とすところであった！　わしが背負うておるのは、幾千幾万の兵と民の命じゃ！　赤子ひとりが何じゃ！」

違う。

そんなことを言いに来た訳ではない。

濃は涙を流しもせず、唇を固く結んだまま小さく震えている。夫にかけられた冷酷な言葉に傷付くまいと、必死に耐えようとしていた。

口から出た言葉は腹中に戻すことはできない。嘘じゃ。そんなつもりではなかったと言い訳したところで、後の祭りである。

もはや、ここに留《とど》まっていても濃を傷付けるだけ。

殺気すら帯びた目で見上げる濃に背を向け、部屋を飛び出す。

廊下を歩む信長を、貞家が追って来る。

「殿……。殿！……恐れながら申し上げます……。姫のご無礼、どうかご勘弁を！ですが……」

肩越しに貞家を見ると、廊下にひれ伏し涙を流していた。

「姫は、殿のお子を授かったことを心よりお喜びになり、来る日も来る日も、おくるみやむつきを自ら縫い……」

涙で言葉にならない。

そんな貞家の姿に怒りが込み上げる。この男は苦しむ濃の側で見守ってやれたかもしれないが、織田家の惣領《そうりょう》である信長にはそれができなかった。天下争乱の世にあって、愛する女だけを見て生きるなど不可能なのだ。

「だから何じゃ」

怒りを隠さず問うと、貞家が哀願するような目で見上げる。

「もう少し心あるお言葉を……」

貞家を無視して、かたわらに従う堀秀政を見る。

「明智十兵衛を呼べ」

「は」

答えて秀政が廊下を駆けてゆく。

「……いまのわしに心などない」

濃の忠臣に言葉を投げると、信長は二度と振り返らず、闇を歩んだ。

*

「……十兵衛」

目の前に現れた男の名を、濃は静かに呼んだ。濃の私室を訪れた男は、貞家の隣に座って涼やかな笑みを浮かべている。

「わたくしのことなどもうお忘れかと思うておりました」

明智十兵衛光秀。

幼いころ、よく遊んでもらった。

「忘れるものか。幼いころそなたよりぎょうさん書物をもらった。殿のもとで大層出世したそうじゃの」

「お方様の幼馴染《おさななじみ》として話し相手になってやってくれと殿に頼まれ、まかり越しました」

「……ほうか」

昨日、言い争いになり、夫は部屋を飛び出してしまった。

申し訳ありませぬ。貴方《あなた》の子を産めませなんだ……。

そう言うつもりだった。

なのに、また喧嘩《けんか》別れしてしまった。

「お方様のご心痛、心の内ではおもんぱかってござる。慈悲深いお方じゃ」

光秀が夫を思いやるように言った。こんな男に言われずとも、わかっている。夫は濃の腹のなかの子を想っていた。子が出来たと言った時、夫はそれまで濃が見たなかで一番の笑顔を見せてくれた。その時も口では皮肉めいたことを言っていたが、緩んだ顔は誤魔化せなかった。

「されどお方様」

光秀が鋭い視線を投げてくる。

「殿は天下を治めようとしておられる。世が乱れて百年、何ぴとも成し得なんだことを成さんとしておられる。……おなごごときが足を引っ張ってはなりませぬな」

おなごごときが足を引っ張ってはならぬ……。

誰が足を引っ張ったのじゃ！　と、叫びながら立ち上がって、澄ました訳知り顔を蹴《け》り飛ばしてやりたかった。だが、いまはそんな元気もない。

夫の厚意がいまは煩わしい。この男には一刻も早く去ってもらいたかった。

笑みを浮かべ、無言のまま濃はうなずく。

それから交わされた言葉の一切を、濃は覚えていなかった。

八

「焼き払え」

信長が言い放つと、目の前に並んだ家臣たちがいっせいに息を呑《の》んだ。

まったく、何故こうも恐れるのか。

苛立《いらだ》つ苛立つ苛立つ苛立つ……。

わからぬなら、わかるように言ってやるまで。

信長は青ざめる家臣たちを目覚めさせるため、刃《やいば》と化した言葉を浴びせ掛ける。

「女も子供も一人残らず殺してしまえ。あの寺をこの世から消せ」

「お、大殿、その……」

前田犬千代こと、前田利家《としいえ》が、怯《おび》えた目をして中途で言葉を呑んだ。昔、那古野城下をぶらついていたころのような主従の別なき関係はすでにない。主《あるじ》として信長を恐れる利家は、上座から睨《にら》みつけられ、それ以上言葉を吐くのを止めた。犬千代の言葉を受けるように、信長の乳兄弟である池田恒興《つねおき》が口を開く。

「女子供までもでござるか」

乳母の子であり、幼きころからの間柄である恒興は、利家のような遠慮もなく問うてきた。しかしその目には、信長に対する怯えがある。

苛立つ。

吐き捨てるように答えてやる。

「皆殺しじゃ」

「皆殺し……」

名を秀吉《ひでよし》と改めた藤吉郎が、声を震わせながらつぶやいた。功のためならなりふり構わぬこの男でも、仏罰は恐ろしいらしい。

寺を焼く。

しかも天台密教《てんだいみっきょう》の総本山をである。

都の北東、比叡山《ひえいざん》。この山には延暦寺《えんりゃくじ》を中心に、数多《あまた》の塔頭が集っている。

平安《へいあん》の御代のこと、治天の君として朝廷に君臨した白河上皇《しらかわじょうこう》が、己の思うままにならぬ物として、賀茂川《かもがわ》の水の流れと賽《さい》の目とともに並べた山法師《やまぼうし》。それが延暦寺の僧であった。延暦寺の僧たちは、帝《みかど》に訴えたいことがあれば、御輿《みこし》を担いで山を下りる。荒法師《あらほうし》が担ぐ御輿が都に入ると、仏罰を回避するため願いを聞き届けてやらねばならない。そのため、白河上皇は比叡山の山法師を思うままにならぬ物のひとつに数えたのである。

山法師たちが群れ集う山を、灰塵《かいじん》に帰す。

それが、今宵の評定《ひょうじょう》の議題であった。

息を呑む家臣たちのなか、ひときわ大きな体をした男が列の中央にどんと座っている。家老の柴田勝家であった。

勝家は皆の想いを代弁するように、上座の主に戸惑いの響きを帯びた声を投げてくる。

「しかし……。おそれながら、武士《もののふ》には武士の作法というものが古来より……」

「知らぬ」

愚鈍な問答など無用である。信長に迷いはない。

焼くといったら焼く。

それだけの理由が山法師どもにはあるのだ。

一年ほど前のこと。浅井朝倉両軍が兵を挙げ、都へと迫るという事件が起きた。この時、攻め落とされた将軍山城で、森可成が討ち死にしている。この時、信長は延暦寺の僧たちを呼び付け、織田家に味方せよと命じた。味方になれぬというのなら、せめて静観して欲しいと頼んだのだが、坊主どもはそれを拒否し、朝倉勢を山に引き込んだ。これは明らかな、織田家への背信行為である。

信長は敵に囲まれていた。浅井朝倉だけではなく、美濃を離れた斎藤龍興、南近江を奪った六角承禎、三好三人衆に、本願寺《ほんがんじ》顕如《けんにょ》が率いる一向宗《いっこうしゅう》。信長の領地を包囲するように反織田の狼煙《のろし》が上がっていた。

その裏で糸を引いているのが誰であるか、信長にはわかっている。

足利義昭だ。

将軍にしてやった恩も忘れ、義昭は密《ひそ》かに敵に書状を送り、彼等を操っている。義昭や敵どもに対しての見せしめなのだ。信長に逆らったらどうなるかを見せつけるため、比叡山を焼くのだ。

ここに集っているのは織田家の臣である。いわば信長の心をもっとも知っている者たちだ。そんな男たちですら、比叡山を焼くことをこれほど恐れているのである。

義昭や敵どもが知ったらどう思うか。その効果は絶大である。

敵どもを恐れさせるためにも、信長は絶対に退《ひ》けなかった。

「坊主どもが、何故我が敵《かたき》である浅井朝倉を援護し、わしに刃向うのじゃ。なぜ仏門が、政《まつりごと》に口を出さねばならぬっ！」

家臣たちを叱咤《しった》した。拳《こぶし》で胸を叩《たた》いて、皆を鼓舞する。

「そのほうらの罪はすべてわしが背負う。一匹残らず焼き払え」

「……。それは、人のすることでござりましょうか」

黙って成り行きをうかがっていた丹羽長秀がぽつりとつぶやいた。

武士というより能吏と呼ぶ方が適当な家臣を真っ直ぐに見つめ、信長は想いを言葉にする。

「人であることなどとうに捨てたわ。我、人にあらず。第六天《だいろくてん》の魔王なり」

仏法最大の敵、第六天を統べる魔王こそ、第六天魔王だ。

敵を打ち滅ぼすためならば、魔王にだってなる。仏罰など恐れていては、覇道を行くことなどできはしない。

天下布武《てんかふぶ》。

武によって天下を統べるのであれば、形無き力を恐れてなどいられぬ。人であることを捨てれば、恐れる罪などありはしない。恐れを断ち切ればなんだってできる。人としての些末《さまつ》な迷いなど、信長はとうの昔に振り払っている。

両腕を大きく広げながら男が立ち上がった。歓喜に打ち震えながら、潤んだ瞳《ひとみ》で信長を見つめているのは、明智光秀であった。

「よくぞ仰せられました！　まさに魔王なれば、将軍、天子様に代わって世を統べられましょうぞ！　殿！　そのお役目、改めてこの明智十兵衛光秀に仰せつけ下されい！」

この男には、己の心がわかるのか。

「光秀っ」

「はは！」

恐れと怯えに支配された家臣たちを掻《か》き分けて、光秀が上座へとむかってくる。信長は懐の扇を取り出して、眼前に平伏した光秀へと差し出した。

「励むがよい」

「は！」

うやうやしく受け取った光秀は、その背をにらむ家臣たちの視線に気付いていなかった。

＊

開かれた襖《ふすま》から、四角い顎《あご》をした大男が入ってきた。その後ろで、細身の男が敷居をまたいで静かに襖を閉める。濃は衣服を正して二人をむかえた。

「失礼仕《つかまつ》る」

「お方様に頼みまいらせたき儀が」

上座にむかって平伏した勝家と長秀の顔に浮かぶ焦燥を、濃は見逃さなかった。

気が重い……。

心がそうさせるのか、持ち上げる足が思うように階段をのぼらせてくれない。溜息《ためいき》なのか疲れで荒くなっているのかわからぬ息を、薄紅を引いた唇からこぼしながら、濃は天主の階段をのぼってゆく。

夫は一人で書き物をしているという。語り合うには都合が良かった。この機を逃してはならぬとばかりに、衣を整え薄い化粧を施し、天主へと来た。

だが……。

足が重い。

どんな顔をして会えば良いのか、わからなかった。

夫と会うのは、赤子を流してしまった時以来である。あの時、喧嘩《けんか》別れをしてそれきり夫と会話を交わすことはなかった。

あれから一年あまり……。

年を取るたびに月日が経つのが早くなってゆく。あの日のことは、いまもまだ昨日のことのようだった。一年も経ったことが信じられない。

あれからも夫は戦、戦の日々であった。

裏切った浅井と朝倉の連合軍を姉川《あねがわ》で打ち破り、北近江にいくつも城を築いて浅井を追い詰め、反撃を企てた浅井朝倉の軍勢に将軍山城を奪い取られながら、これに打ち勝った。

敵は浅井朝倉だけではない。多くの敵に囲まれながら、夫は西へ東へ北へ南へと、馬を走らせ戦っている。

織田家のために……。

そこには私も入っているのか。

問うてみたい気もするが、恐ろしくて言う気になれない。

また子を作れば良いと夫は言ってくれた。

だが。

あれから一度も、夫は濃の元を訪れていない。話し相手として光秀を差し向けたきり、なんの音沙汰《おとさた》もなかった。光秀は暇を見つけて岐阜城を訪れ、顔を出してくれる。光秀から夫のことを聞くたびに、胸が締め付けられた。だがそれも、日を追うごとに薄れている。

このまま想いは潰《つい》えてしまうのか。

恐ろしくて己の心の奥底を直視できない。そんな曖昧《あいまい》な心のまま、夫へと至る階段を登っている。

階段の末に切られた四角い隙間から明かりが漏れていた。

登り終えた部屋に夫がいる。

踏み出す足が一層重くなった。

このまま引き返して私室に戻ってしまいたい。頭から衣をかぶって夜をやり過ごしてしまいたかった。

ふと……。

勝家と長秀の思いつめた顔が頭を過《よぎ》った。

己がやらねば誰がやるというのか。

「お方様の言葉であれば、殿もお聞き入れくださるはず」

勝家と長秀はそう言ってくれた。家臣たちにとって、濃はまだ夫の妻なのである。

夫は濃の言葉ならば聞く。そう信じ、藁《わら》にもすがる想いで私室を訪れた勝家と長秀の想いを無下にはできない。

明かりの前で足を止め、目を閉じる。そのまま鼻から息を吸い、腹の底へと溜《た》めた。

口からゆっくりと吐いて、目を開く。

よし……。

心中で強くつぶやいて、濃は明かりへと飛び出した。

部屋の真ん中に、明かりに照らされた夫の背中がぼんやりと浮かんでいる。

「仏門を滅ぼすはいかがなものじゃろう」

努めて平静に言ってみたつもりだったが、少しだけ声が上擦っていた。振り返りもせずに書物に目を落とす夫から、答えが返って来る。

「あれは仏門ではない。肉を食らい女をおかし人を殺す悪鬼羅刹《らせつ》の砦《とりで》じゃ」

心が籠《こも》らぬ声だ。久方振りに会ったというのに、夫の心はまったく動いていないようだった。

気を取り直し、濃は夫の背に歩み寄りながら問いを重ねる。

「されど女子供まで皆殺しにすれば禍根を残すじゃろう」

「かまわぬ」

恐ろしいほど簡潔に言い切った。

やはり……。

声に心が籠っていない。振り向きもせぬ夫に、怪訝《けげん》な物を感じた。どこか根幹のところで、何かが変わっているような、そんな心地を覚え、胸が早鐘のように鳴るのを抑えられない。

無意識のうちに胸に手をやり、濃は夫の背に語りかけ続ける。

「ますます敵が増えようぞ」

「殺せばよい」

なんと……。

無慈悲な言葉であろうか。

敵は殺す。

そう断言できるほど、昔の夫は強くはなかった。他人に怯《おび》えるが故に、己を大きく見せる。そうしなければ、己という存在を保っていられない小さな男であった。

だからといっていま目の前にいる夫が、大きくて強いかといえば、それは違う気がする。小さく弱いまま、夫の裡《うち》が変質しているようだった。

「将軍義昭公からもお怒りを買っていると聞くが」

「あれは愚鈍じゃ、使いものにならぬ。京から追い出す。逆らえば殺す」

また……。

〃殺す〃だ。

昔ならば、皮肉をたっぷり込めた悪口で、情けない夫の背中を蹴《け》り飛ばしてやれば良かった。女にけなされたという事実が、夫の頭に血をのぼらせ、怒りによって濃の方を見てくれた。敗《ま》けてなるものかと躍起になって、むきになって反論してくれた。

多分、いま悪口を吐いても無駄だ。夫の心には響かない。

穏やかに。

努めて冷静に、濃はわずかな皮肉で夫の背を撫《な》でる。

「もそっと利口なやり方があろう。大うつけ殿にはかような頭はないかもしれんがのう」

「ああ、わしにはそのような頭はない」

認めた。

濃の皮肉を夫が素直に認めてしまった。昔ならば、女のくせに馬鹿にするなと怒鳴るやいなや、立ち上がってくれたはずなのに。

目の奥が熱くなる。こんなところで泣いてどうすると、心中で己を叱咤《しった》しながら、夫の背中を見下ろし続ける。

弱くなった。

しみじみとそう思う。

己はこんなに女々しかっただろうか。たかが男に振りむかれなかった程度で泣きそうになるような女だっただろうか。

もう一度、あのころのように……。

必死に笑みを浮かべて、夫の背に語りかける。

「情けないの。わらわもともに考えたっても……」

「無用っ！」

断ち切るような怒声が、濃を打つ。

涙がひと筋、頰を流れ落ちる。

不覚。

心につぶやきながら、気取られぬように袖《そで》で密《ひそ》かに拭《ぬぐ》ったのだが、背をむけたままの夫は気付いてもいない。

「権六か五郎左に頼まれたのであろう。そなたの言うことなら身《み》も聞き入れるかもしれぬと」

図星である。

だが、違う。

たしかにきっかけは勝家と長秀に頼まれたからだが、ここに足を運んだのは濃自身の決断によるものだ。一年前の言い争いでもつれてしまった縁の糸を、もう一度結い直すために、濃は意を決してここに立っている。

しかし、違うというひと言が口から出てこない。

弱々しい女のように、夫の背中にしなだれかかり、泣きながら許しを乞《こ》えればどれだけ楽か。寂しかったのだと言えれば、どれだけ心が落ち着くことか。夫に拒まれたとしても、己《おの》が心を晒《さら》したという事実は残る。やるだけやったのだという気持ちになれれば、鬱屈《うっくつ》は残らぬはずだ。

濃にはできない。

夫と同じ地平を見たい。昔、二人で並んで見た尾張の海を思い出す。あのころのように、また二人で並んで海を見て、異国へと旅立ちたい。

そんなことは淡い夢だ。

わかっている。

もう……。

あのころの夫はいない。

そして濃も……。

「もはや尾張と美濃で争っていたころとは違う。たわぶれごとは通用せぬ。そなたの出る幕はもうないのじゃ」

濃の心を見透かしたように、夫がつぶやいた。

私の出る幕はもうない。

これ以上の介錯の言葉はなかった。この場に留《とど》まる理由はないのだ。

夫に言葉をかけず、濃は闇に包まれた階段に足をむける。

最後まで夫は振り向いてくれなかった。

それから間もなく、夫は恐れる家臣たちを引き連れ、比叡山を焼いた。ただ一人、明智光秀だけが、夫の手足となって懸命に働いたという。

九

「お久しゅうござりまする姫様」

懐かしい顔が正月早々挨拶《あいさつ》にやってきた。

城にいたころは化粧をせぬ顔など見せたことがなかった各務野が、寒さで頰を紅《あか》くさせながらほがらかに笑っている。その後ろでは、気の良さそうな男が各務野よりもおおらかな笑顔を上座の濃に見せていた。

隠居したいといって各務野は城を出た。ほがらかに笑っているのは、その後に見つけた夫である。身分は侍らしいが家格が低く、日頃は二人で田畑を耕しているという。

二人が放つおだやかな気配を浴びて、濃の顔も自然とほころぶ。

「いつまで姫と呼ぶ気じゃ」

「いつまでも各務野にとって姫様は姫様でござります」

夫に嫁いでから、すでに二十五年という歳月が流れていた。

濃に仕えていたころは消えることのなかった各務野の眉間《みけん》の皺《しわ》が、きれいさっぱり消えている。

「息災であったか各務野」

問わずともわかることを問うてしまったと自嘲《じちょう》しながらも、濃はかつての女中頭の言葉を楽しみに待つ。

「はい、お暇《いとま》をちょうだいしてからというもの暇で暇で、こんなもんばっか作りよります。あじないもんですが」

言った各務野が、膝元《ひざもと》に置いていた大きな笊《ざる》を上座へと差し出した。そこには白く粉を吹いた立派な干し柿が積み重ねられている。

「ほう！」

上座から身を乗り出すようにして、濃は山の頂に載せられたひとつを手に取った。目を弓形にして笑う各務野に見守られながら、しっとりとした干し柿に歯を立てた。

「なんと甘いっ！」

思わず叫んだ。

世辞ではない。本当に甘かった。これほど甘い干し柿は、これまで食べたことがないというほど、各務野が持ってきた物は絶妙な干し加減と甘さであった。

濃が口にしたのを見てから、各務野が貞家やすみに柿を勧める。

「美味《んま》いのう」

半分ほどを一気に口にした貞家が、目を見開いて言った。

「滋養がつきますな」

各務野に代わっていまや女中頭を務めているすみが、うなずきながらつぶやいた。

旨い旨いと言いながら食べている濃たちを見ながら、夫婦は嬉《うれ》しそうに笑っている。

時折、各務野が振り返って何事かを言うと、夫は満面の笑みのままうんうんとうなずいている。

二人の睦《むつ》まじい暮らしが目に浮かぶようで胸が熱くなった。

ふたつ目を濃が食べ終えたところで、各務野が干し柿に目を落として語り出す。

「夫が山で柿の木がぎょうさんあるとこを見つけましてなあ。何本ぐらい生えとったかなぉ」

言いながら後ろの夫を見た。

笑顔を絶やさぬ夫が、上座の濃にむかって口を開こうとする。各務野の問いに答えるためであったのだろうが、言葉を発することはなかった。

「二十や三十じゃききゃせん」

夫が答えるより先に、各務野が語り始めた。仕方なく夫は口をつぐんだのだが、不満の色など微塵《みじん》もみせず、嬉々《きき》として語る妻の姿を楽しそうに見つめている。そんな温かい眼差《まなざ》しに見守られながら、かつての女中頭が饒舌《じょうぜつ》に語り続ける。

「五十はあるじゃろうなあ。それがぎょうさん実ぃ付けて。この人ときたらがめてまってのう」

また後ろを振り返った。

夫がわずかに腰を浮かせて、何かを言おうとする。

だが、また妻に阻まれる。

「山ほどかかえてむしゃむしゃむしゃむしゃ。わっちはやめとけ言うたのにのう？」

振り返って、今度こそは各務野ははっきりと夫に話を振った。

今度こそ夫の出番である。

がんばれ……。

なぜだか濃は心中で夫を応援してしまう。

「ほしたらこの人腹壊《こわ》いて！　ほれ見たことか！　ドバチが当たったんじゃって言うて！」

またも妻に出番を取られた夫は、笑顔のまま床に尻《しり》を落ち着け笑っている。

これが夫婦……。

身中が熱いのは、かつての女中頭の幸せを喜んでのことなのか。それとも己の身の上と各務野との間に深い溝を感じてのことなのか。

わからぬまま、濃は笑顔の夫婦をただ見つめていた。

＊

男たちが騒いでいる。信長が心を許した者たちが、心底から楽しんでいた。ほとんどが、尾張から信長に従っている。まだ尾張すら統一していなかったころより苦楽をともにしてきた者たちと、岐阜城で新年を祝っている。家臣たちの楽しそうな顔を見ていると、これまでの戦いが報われたような気がして、ついつい盃《さかずき》が進む。

苦手な酒でもこういう時には心地良く酔える。

柴田勝家が隣に座る丹羽長秀と語らいながら、呆《あき》れた顔で秀吉の舞いを眺めていた。猿の真似をしながら舞う秀吉を、指差して笑っているのは昔馴染《むかしなじ》みの前田利家である。池田恒興や滝川一益も、爆笑する者たちとともに、互いに酌をしながら盃を競っていた。

朝のうちは、新年の挨拶に訪れた各地の大名たちとの面会に臨んだ。信長は南蛮の甲冑《かっちゅう》に身を包み、上座に椅子を設《しつら》えさせ、威風を持って大名たちと相対した。

堅苦しい席を終えたいま、信長は衣の胸元をはだけさせながら、心を許せる家臣たちとともに気楽に騒いでいる。

この時のために戦ってきた。素直にそう思えるほど、宴《うたげ》に酔いしれている。尾張の一家老の子息でしかなかった己が、将軍すらも動かすほどの男になった。気心の知れた者たちとともに騒いでいると、いまの己の身の上を想い、信じられぬという気持ちと、誇らしい気持ちが綯交《ないま》ぜになって、首筋がむず痒《がゆ》くなる。

思惟《しい》の果ての照れ臭さを紛らわせるように、信長は目の前で踊り続ける秀吉を怒鳴りつけた。

「サル、もうよいわ!」

言われた秀吉は、舌をぺろりと出して、首をすくめるようにして礼をした。それを、家臣たちがやんややんやと囃《はや》し立てる。ひと仕事終えたとばかりに己の席に戻る秀吉を目で追っていると、隣に座る濃の顔が視界の端を過《よぎ》った。

騒ぎ立てる男たちを醒《さ》めた目で眺めている。

無理もない……。

手を差し伸べた濃を拒んだのは信長なのである。比叡山を焼くと決めた時、濃はともに考えようと言ってくれた。

昔のように。

信長もそう思わぬでもなかった。しかし、比叡山を焼くことは決まっていた。いまさら濃が口出しして何が変わるということもなかったのだ。どんなに悪辣《あくらつ》な誹《そし》りを受けようと、その全てを引き受ける。第六天の魔王になるとは、そういうことなのだ。

濃に魔道を歩ませたくはなかった。

あれ以来、濃とはまともな会話をしていない。拒絶されていることもわかっている。仕方がないのだ。そうしたのは信長なのである。いまさら後戻りなどできはしないのだ。

冷たい横顔を視界の端から追いやると、信長は妻の幼馴染《おさななじみ》を標的と定めた。

「次！　十兵衛、なんぞせい！」

涼やかな身のこなしで光秀が場の中央に躍り出て平伏した。

「わたくしは、芸のない朴念仁《ぼくねんじん》でござりますゆえ、代わりに格別なる屠蘇《とそ》を用意いたしました」

用意周到、何事もそつなくこなす光秀のことである。宴が始まる前より、この時を待っていたのであろう。

光秀が背後に目配せをした。近習の三人ほどが退室する。かねて手筈《てはず》を整えていたのか、近習たちは一人一人、漆の膳《ぜん》を額の前に捧《ささ》げ持つようにして戻ってきた。速やかな動きで、近習たちが信長の前に膳を並べる。

そこには金色の髑髏《どくろ》が載せられていた。金色に輝く三つの髑髏が、膳の上で信長の頭上の天を仰ぐような形で並んでいる。

「仇敵《きゅうてき》、朝倉義景、浅井久政《ひさまさ》、あまつさえ浅井長政のしゃれこうべを薄濃《はくだみ》にせし盃にございまする！」

言われてみれば、膳の上には義景、長政、そして長政の父である久政の名を記した紙が置かれていた。

小さな吐息が漏れる音が隣から聞こえた。金色の髑髏を前にして、濃が息を呑《の》んでいる。

信長は髑髏と光秀を交互に見遣《みや》る。

喜色を満面に張り付かせた光秀が、楽しそうに長政の髑髏の頂に手を伸ばした。光秀の指が髑髏をつかむと、頭が蓋《ふた》のように開いた。かたわらに控える従者に蓋と化した骨を渡し、蒔絵《まきえ》を施した銚子《ちょうし》を手に取る。そして一切の躊躇《ちゅうちょ》もなく、髑髏のなかに酒を注ぎはじめた。髑髏は細工が施されているらしく、酒を注いでも漏れはしなかった。

奇抜な盃を前にして、豪胆な男たちもさすがに声を失っている。そんななかで光秀だけが、満面に笑みを浮かべていた。

酒を注ぎ終えた光秀が、長政の髑髏を両手で持ちながら上座に近付いてくる。

もしこの場に妹の市がいたら、どう思うだろうか。かつての夫の髑髏に漆を塗り、その後に金箔《きんぱく》を張って酒を注いでいるなどと知ったら、正気ではいられぬだろう。

悪趣味極まりない。

が、ここで怯《ひる》んでしまっては、光秀に将としての器量を疑われてしまう。

「さぁ殿、賊将の髑髏酒にござります」

髑髏を右手でつかんだ。骨の縁に口を付け、斜めに傾ける。

酒が口中を満たす。

どんな器で飲もうとも、酒は酒だ。まずい。いくら飲んでも好きになれない。

「これほどうまい酒は飲んだことがないぞ、十兵衛！」

心とは裏腹に光秀を褒め称《たた》える。

「恐悦に候！」

光秀が嬉《うれ》しそうに辞儀をした。

髑髏を高々と掲げ、男たちに命じる。

「皆も飲め！」

声を失っていた家臣たちが、ふたたび騒ぎ出した。信長の手を離れた髑髏が、男たちを回ってゆく。酒を回し飲む家臣たちが、異様な興奮を覚えている。

これが……。

魔王と、その家臣のあるべき姿なのだ。

心に唱えながら、信長は盃を干し続けた。

体が言うことを利かなくて、温かい肩から滑り落ちてしまった。廊下にへたり込んだまま、信長は酒気に満ちた息を吐き続ける。

「……飲めん酒を無理して。それ、お立ちやれ、風邪をひきまするぞ」

ここまで連れてきてくれた濃の醒めた声が降ってくる。

腕をつかまれ、強引に立たされた。

濃の顔が間近にある。久方振りにはっきりと見た。

想いより先に、唇が濃へとむかってゆく。

乾いた音が耳元で鳴って、視界から濃が消えた。どうやら叩《たた》かれたらしい。衝撃はあったが、酔っているから痛みはなかった。

「ずいぶん怖い顔におなりやったのう」

顔を逸《そ》らしたまま、濃の言葉を聞く。

「おまい様ほど人を殺いたもんが、いまだかつておったじゃろうか」

氷柱《つらら》と化した言葉が胸を貫く。

「あといかばかり戦えば気《き》が済む？　あと何百人殺せば満足じゃ？」

好む者に言うような口調ではなかった。憎ましい仇《かたき》をののしるかのごとき声で、濃は責める。

「何が言いたい」

「各務野が干し柿をぎょうさんくれたわ」

濃が妙なことを口走り出した。酔いがまわっている信長には答える言葉が見つからない。

「夫と二人で山へ行き、柿がぎょうさん実っとるのを見つけたそうじゃ……。夫はそれをがめて、腹いっぱい食って、腹を壊いて……」

「何の話じゃ！」

思わず叫んでいた。

「夫婦《めおと》の話じゃ！」

矢継ぎ早に濃が返してきた。

「世の中には、そのような夫婦もおるっちゅう話じゃ」

睦《むつ》み合い日々を穏やかに過ごす夫婦がいることなど、濃に教えられずとも知っている。だが、それがどうした。

濃は何を求めているというのか。

「……今更何を言うている」

気持ちが抑えられない。

「京へのぼれと言うたのはお主じゃぞ！　お主が言うたのじゃ！」

義父の夢を己《おの》が夢とした濃が、都へとのぼりたいと言ったのだ。己の夢を果たすために、夫を利用すると言いきったのはどこの誰なのか。

濃ではないか。

だから……。

だからだからだから。

都へとのぼったのではないか。

だから。

多くの敵を成したのではないか。

酔いも加勢して、言葉が加速してゆく。

「もう後戻りはならぬ！　逆らうものはみな殺す！　この日ノ本全土を平らげ、刃向う者がただの一人もおらぬようになるまで殺し続ける！　そうせずば、わしがぐっすり眠られる日は来ぬのじゃ！」

そんな目で見るな。

哀れむな。

声にならぬ言葉が信長の裡《うち》で何度も反響する。

「わしが死ぬか！　敵が皆死ぬか！　この道はそういう道じゃ！」

もう後戻りなどできはしない。濃が定めた修羅の道を歩き続けるしかないのだ。

どれだけ濃に哀れに思われようとも……。

「……去《い》ね」

もう顔も見たくない。

「去ねっ！」

背を向け去ってゆく。

すべての元凶が。

力が抜ける。信長は腰から崩れ、廊下にへたりこんだ。

「誰か……。誰か手を貸せ！」

一人取り残された廊下で信長は叫ぶ。と、いきなり強い力で引き上げられ、腕を抱えられた。肩に手を回して抱えているのは、光秀である。どこから現れたのかと問う気力も信長にはなかった。誘われるままに、寝所へと歩む。

「おなごというものは、ときに男に力を与え、ときに力を奪いまする」

独白のごとく光秀がつぶやく。

「おおそれながら、お方様はいかがなものでございましょう……。遠ざけられたほうがよろしいかと」

どこかで見ていたのかと、光秀の言葉を聞いて信長は思う。

このままではいけないことは、信長もわかっている。しかし……。

「おのれに言われる筋合いはない」

光秀をたしなめる。だが、冷徹な忠臣は、言葉を止めない。

「わたくしは殿にすべてを捧《ささ》げてござります。殿のお下知ならば、いかなることでもいたしまする。羽柴《はしば》殿や他のご家来衆も同じ。そのことをお忘れなされませぬよう」

そういうことではない。

家臣たちには埋められぬのだと信長は心につぶやく。

他の女たちにも代わりはできない。

濃でなければ……。

それを光秀に語ってきかせるつもりはない。これ以上何も言うなという無言の圧を発しながら、信長は光秀とともに廊下を歩む。

行く手には闇が広がっていた。

*

去ね……。

みずからの館に戻ってもなお、夫の憎しみに満ちた声が耳の奥で鳴っていた。

掌中にある三本足の蛙が、寂しそうな顔で濃を見上げている。昔の主《あるじ》の消沈した姿を、各務野が心配そうに眺めていた。部屋の隅には貞家も控えている。二人とも、尾張に嫁いだ時からずっと濃を案じ続けてくれていた。この二人にだけは、着飾らない想いを伝えることができる。

「自分でもようわからん」

蛙を見つめながらつぶやく濃を、各務野が見守っている。黙しているのは、想いをすべて吐き出させようとしているからだろう。姉とも慕う昔の女中頭に甘えるように、濃は想いを紡ぐ。

「わらわは殿を謀殺せんがために輿入《こしい》れした……。前の二人の夫とおんなしように」

父から命じられたからそうしたまでだ。父の覇道のために、濃は前の夫を殺した。小細工など必要なかった。殺してしまえば後始末は父の家臣たちがやってくれた。

前の夫たちになんの想いもなかったから躊躇《ためら》いもなかった。

でも、父が死んだ。

「父亡きあとは、殿を利用し、我が夢を成さんとしておった……。ほんで殿はいままさにその道を突き進んでおる……。わらわの思いよった通りじゃ！」

そう……。

夫は己のために戦ってくれている。義昭とともに都にのぼり、多くの敵と相対しながら、終わりなき戦いの只中《ただなか》にいた。

「なのに……。なのになんでじゃ……？　苦しい。苦しゅうて苦しゅうてかなわん」

掌中の蛙が小さく震えている。

「ほりゃ姫様に、ご自身の夢よりか大切なものが出来たからでございましょう」

各務野の穏やかな声が心に染みる。

己の夢より大切なもの……。

微笑を湛《たた》える昔の女中頭を見る。灯火のなかで笑う姉の顔は皺《しわ》くちゃだった。歳を取った。しかしそれはお互いさま。濃もまた歳を取ったのだ。

いまさら己の夢より大切なものなどどこにあるというのか。

「姫様は、殿に恋い恋《こ こ》うておられるのです」

「わらわが……。恋い恋う……？」

「恋い恋いよるお方が、苦しい道を進みんさるのを見とれんのじゃ」

夫を恋い慕っている。

わかっていた。

ずいぶん昔から。

それでも、どこかでそんな己を直視することを拒んできた。父同士が決めた縁組。しょせんは利用し合うだけの関係。だから、夫に必要とされるように励んできたつもりだ。吉乃たちのように女として求められていないのなら、夫が歩む覇道に寄り添えぬかと思い、自分なりにやってきたつもりである。

必要でなくなれば、それで終わり。互いにそう思っているはずではないか。

己が夫を慕っているとなれば話は変わる。慕うということは、欲得とは違う。

しかし……。

「向こうはわらわを好いておらん」

夫はもはや濃を必要とはしていない。そのうえで慕われていない者を慕《しと》うて生きるなど、耐えられない。

「ここにはもう、おりとうない」

城の廊下で己を見た夫の顔が、頭を過《よぎ》る。まるで、長年の仇《かたき》を見るような目付き。あんな目で見られながらともに暮らすなど耐えられなかった。

城を出よう。

濃は心を決めた。

十

金華山の頂にそびえる岐阜城からは、城下を一望できる。天主の廻縁《まわりえん》に立ち、信長は細工物のように小さな町並みを眺めていた。

かつては濃の父が見ていた景色である。戦国の世を父とともに油商人から成り上がり、一国の主になった男が築いた城に信長はいま立っていた。

義父は都をめざしていたという。

その先に何を見ていたのか。天下一統という大望を抱き、この城から西方へと思いを馳《は》せていたのだろうか。

濃は義父の夢を己の物として生きていた。そして、己《おの》が夢を体現する馬として、信長を選んだのだ。

果たして己は、濃の夢を乗せる馬たりえているのだろうか。

そこまで考え、信長は笑う。

「平太郎貞家、参りました」

背後から声がした。振り返って、濃の忠臣を見る。娘を守れといういまは亡き義父の命を朴訥《ぼくとつ》に守る貞家の頭に、白いものが目立つ。

己も濃も、この男も歳を取った。いまさら肩肘《ひじ》を張ることもない。

信長は気安い口調で、貞家に語りかけた。

「ルイス・フロイスが来る。謡いを聞かせてくれるそうじゃ。あれは好きなはずじゃ」

「さぞお喜びになるこってしょう。お方様にお伝えいたします」

嬉《うれ》しそうに笑う貞家は、信長がみずからの主のことを気にかけてくれているのを心底喜んでいるようだった。他意はない。清廉な忠臣の実直さが、信長には眩《まぶ》しい。

「貞家」

「は」

「そのほう、妻に先立たれて何年《いくとせ》になる？」

この男にも妻があった。子も生《な》したと聞いている。

「八年にございます」

「もうもらわぬのか」

「子らもとうに手を離れておりますゆえ。一人が気楽でございます」

本心から羨《うらや》ましいと思える清々《すがすが》しさが、貞家の笑みにはあった。己の歩んできた道にいっさいの迷いがない。そんな誠実な笑顔であった。

この男にならば……。

心から思える。そんな男がいることを、僥倖《ぎょうこう》であると思わなければならぬ。そう念じ、信長は意を決す。

「あれのことをどう思うておる」

「あれとは？」

何を指しているのかまったく見当がつかぬといった様子で、貞家が首を傾げる。この男の頭の中に、やましい気持ちは微塵《みじん》もないのだ。

「我が妻じゃ」

驚きよりも怒りが貞家の顔を過《よぎ》った。信長の言葉を聞き、嫌悪を隠せずにいる。先刻まで緩んでいた頰を強張《こわば》らせ、濃の忠臣は信長を見上げたまま口をつぐんでいた。

「お主はあれのことを一番よく知り、あれもお主を慕《しと》うておる。……お主が夫になってくれれば、心おだやかに暮らされるであろう」

もう……。

妻は己という馬に乗らぬほうが良い。

これより先は修羅の道だ。逆らう者を殺し続け、信長は血に塗《まみ》れ続ける。そんな姿を濃にだけは見られたくなかった。

酔った己を突き飛ばした時の濃の目が耐えられなかった。死肉を喰らう獣でも見たかのような嫌悪に満ちた目が、信長を捉《とら》えたまま微《かす》かに震えていた。二人で都を駆け巡った時の喜びに満ちた笑顔を、もう二度と見ることはない。

あの夜、信長は確信した。

もう共にいてはならぬ。

黙したまま己を見つめ続ける貞家の視線から逃れるように、信長は城下へと目を移す。そこには相も変わらぬ民の暮らしがあった。

異国の男たちが整然と並んでいた。異教を信奉する者たちで〝修道士〟というらしい。質素な黒い服に身を包み、目を閉じ、歌っている。重い声を出す者と軽やかな声を出す者が、調子を合わせて歌う。その絶妙な音調が、一語すらもわからぬ異国の言葉であるというのに、信長の心をはげしく揺さぶる。

隣で濃が目を閉じ聞き入っていた。

都で二人して異国の者と踊っていた時よりも、目尻《めじり》に皺が増えている。そのひとつひとつが、己が与えた苦悩によって刻まれたのではないかと思い、信長はいたたまれなくなって、ふたたび目を異国人たちに移した。

「美しいが……。悲しき謡いじゃの」

信長は言った。濃は黙したまま歌を聞いていた。

「ようやっと分かった気がせるわ」

つぶやいた妻を横目で見る。いつの間にか目を開き、眼前に並ぶフロイスたちを見ていた。いや、その視線は異国人を通り越し、遥《はる》か先へと向けられている。

「海の向こうの異国へ……。ずーっと行ってみたかったわけが……」

そう。

妻は異国へ行きたがっていた。

そんなことすら。

忘れてしまっていた。

都へ行くという義父の夢が、妻の夢だとばかり思っていた。違う。もっともっと大きな夢が、妻にはあったのだ。

「違う生き方ができると思うたからじゃ」

済まぬ……。

そのひとことが言えない。

「わらわのことをだーれも知らん国で……。名も捨て、家も捨て、まったく違う生き方が……」

妻が口籠《ごも》った。泣きそうになったのを堪《こら》えている。見ぬふりをするように、信長は己の手に目を落とす。節くれだった乾いた手は、洗っても消えぬほど血に塗れている。綺麗《きれい》に落としているいまですら、血と脂で濡《ぬ》れているように信長には見える。

「愚かな夢物語じゃ」

ささやく妻に、返す言葉が見つからない。

はじめにその言葉を言ったのは、信長だった。はっきりと覚えている。桶狭間での戦の前夜のことだ。都へのぼるという義父の夢を語った妻を、信長は愚かな夢物語だと切って捨てた。

あの時は己が京にのぼって天下の差配をするなど思ってもみなかった。

ならば……。

異国に行くという妻の夢も。と、思って考えるのを止める。異国に行くには二人ともあまりに歳を取り過ぎた。日ノ本を統べるまではなんとかなるかもしれないが、異国へ渡るほどの若さは、すでに無かった。

それに、ともに夢にむかって歩むということは、これより先も信長の覇道のそばに妻を置いておくということだ。そうなれば妻は、血に塗れる獣のそばで、これからもずうっと心に傷を負い続けなければならない。

「おまい様……」

声が震えている。必死に平静を取り繕おうとしているが、信長には分かる。気丈でありたいと願う妻は、弱みを見せることが苦手だ。

己もそうだ。

たとえ妻であっても、心の奥底を覗《のぞ》かせることができない。

だからすれ違う。

違うのだ、本当はこう思っているのだと、切り出して心を開けば、もっと違った未来があったのではないかと思う。

強がって、互いが互いを傷付け合うが故に、二人の距離はどんどん離れて行く。妻を想えば想うほど、突き離してしまうのだ。

「わらわが申せば、いつでも認めると言いんさったな」

あぁ……。

妻も同じ気持ちなのだと、信長は思って目を伏せる。

漠然とだが、今日、隣に座った時からそんな気がしていた。近頃は醒《さ》めた顔をしてばかりであった妻が、幾分頬を緩めているように見えた。それが何なのかははっきりとはわからなかった。何か、妻が決意を持って隣に座ったということだけは、ぼんやりとだが信長も感じていた。

「申し上げます……。殿のもとから、お暇《いとま》をいただきとう存じます」

これが一番の良策であると信長も思う。このまま二人がともにいれば、いずれ妻は崩れてしまう。冥府《めいふ》魔道の住人と化した者のそばで穢《けが》れてゆく妻を、信長は見たくなかった。

野辺に朽ちるのは我が身だけで十分。

濃が切り出さなければ、信長が言い出していた。

これで良いのだ……。

心に幾度も繰り返しながら、信長は深くうなずいた。

「……承知した。ただいまをもって離縁いたす。好きにいたせ」

本当に本当にご苦労であった……。

連なる言葉が口から出てこない。こんな時までも、己は強がりたいのかとうんざりする。それでも最後まで、妻には弱いところを見せたくはなかった。それが、信長にとって最後の意地でもあった。

「……かたじけのうございます」

声の震えが収まっていた。

妻も同じなのだ。

最後の最後に信長に弱いところを見せたくはないのである。

互いにもっと心を開いていれば。

己が上だと張り合わなければ。

慕《した》うていると言っていれば。

子が……。

いろいろな〝もしも〟が頭をぐるぐると回る。そのひとつでも変わっていたなら、二人の縁は違ったものになっていたのかもしれない。

しかしそれもいまとなっては、詮無きことばかり。

「ご武運を」

妻の声が優しい。

待て……。

いまのは戯れじゃ。わしの元におってくれ……。

喉《のど》の手前まで言葉が迫《せ》り上がるのを、信長は必死に押し殺す。

「……よき夫を得て、幸せに暮らせ」

最後の最後まで本心を隠してしまう己を、信長は心の底から嫌悪した。

＊

美濃国、鷺山は今日もまばゆいほどの晴天であった。

生まれ故郷に小さな庵《いおり》を営み、濃は心穏やかな日々を過ごしている。居間と寝間しかない侘《わび》しい家だが、もともと物に執着がないから不自由はない。身の回りのことも、姫と呼ばれていたころから、女中の手を借りずとも満足にやれたから困ることはなかった。

男手が必要な時は、貞家がやってくれるから、本当に気儘《きまま》な毎日を過ごせている。

「違う。そこは、もそっと丸う書かな」

目の前の机に座る童《わらわ》が、濃に言われてぺろりと舌を出した。その手に握られた筆先が、机の上の紙に〝ろ〟という字を書こうとしていた。だが、筆に慣れぬのか、〝そ〟に見えなくもない歪《いびつ》な字になっている。

居間に近郷の子供たちを集めて読み書きの手習いをしていた。

貞家の提案である。

暇を持て余すようであれば、近郷の童どもに字を教えてもらえぬかと、貞家が頼んできた。時は有り余るほどあるのだ。童たちのためになるし、己自身も気が紛れるだろうと思い、二つ返事で了承した。

「あっ！　また小丸《こまる》がっ！」

女の子が言った。その指が小丸という名の童を指している。小丸が手にした筆で、隣に座る子の頰に大きな×印を描いていた。

濃は立ち上がって小丸をにらむ。

「こらっ！　筆をそんなことに使ったらいかんっ！」

腹の底に溜《た》めた気を言葉とともに吐くと、壁が震えた。童たちが気をくらって縮み上がる。

「し、師匠。やっぱ怖《こえ》ぇぇぇ……」

童たちが口々にささやく。

「ごめんなさい」

肩をすくめた小丸が謝る。濃は座りなおし笑みを浮かべてうなずく。

童たちの闊達《かったつ》な気を浴びていると、気鬱《きうつ》だった城の暮らしが遠いことのように思えてくる。

手習いが終わると、貞家とともに昼飯を食べて、山へと入る。

山での暮らしでは、薪《まき》が欠かせない。湯を沸かすのも米を炊くのも暖を取るのも、薪を使う。城では、そういうことの一切を見知らぬ誰かにやらせていたのだと、いまさらになって思う。山で一人暮らしをしていると、己がどれだけ多くの人に支えられて生きてきたのかということを思い知らされる。そして、いまは貞家と二人だけで生きているのだと実感する。

己の足で立っている。

そう思うと新たな力が湧いてくる。

山の斜面を登りながら、手ごろな枝を拾って背負った籠《かご》に入れてゆく。視界の先では貞家が、枝に手を伸ばしている。

このまま死ぬまでこの山で……。

濃は心の底からそう思う。

都へ、そして異国へ。

あんなに遮二無二、前へ前へと生き急いでいた己が別人のようだった。

薪を集め終えたら、山を下りて夕餉《ゆうげ》の支度に取り掛かる。

そのころになると貞家は決まって己の家へと戻ってゆく。離れた場所ではない。濃が声を上げれば、すぐに駆けつけてこられる場所である。これでも斎藤道三の娘であり、かつての織田信長の正室なのだ。狙われる恐れがないこともない。その辺りの心配もあり、貞家は庵の近くに居を定めている。

去ってゆく貞家を決まって縁側に座って見送った。

貞家が礼をするために振り返る。

その時……。

胸の痛みを覚えた。

このところ、夕刻になると決まって胸が締め付けられるように痛む。貞家には告げていない。

堪《こら》え切れず胸に手がゆく。それを見て貞家が立ち止まる。

心配無用……。

濃は痛みを堪え、笑いながら立ち上がった。ちいさくうなずくと、やっと貞家は背をむけ家路についた。

一人。

城にいたころから一人で寝ていたのに、どうしても夜だけは慣れなかった。

十一

天を曇らせるほどの煙が立ち上り、轟音《ごうおん》が響き渡る。次々と倒れてゆく敵の騎馬兵を前に、信長は手にした扇を握りしめる。

丸太で組まれた馬防柵《ばぼうさく》にむかって敵が突進を繰り返していた。柵の内側で銃を構える味方の兵たちが、それを狙い撃ちにしている。

無敵を誇る武田の騎馬隊が、無数の銃弾を受けて崩れ去ろうとしている。長篠《ながしの》、設楽原《したらがはら》。

盟友である家康の援護として、みずから兵を率いた信長は、武田の惣領《そうりょう》、武田勝頼《かつより》が率いる軍勢をむかえ、徹底的にその猛攻を封殺している。

濃ならばどうするか……。

戦場へとむかう道すがら、そればかりを信長は考えていた。

「敵の騎馬隊は無敵じゃ。勢いに乗られたら手がつけられんようになる」

「鉄砲で狙い撃つ」

「撃ち漏らすもんがようけ出る。そいつらが陣を掻《か》き乱したら、総崩れんなるんは必定」

「足止めじゃ」

「どうやって」

「味方ん前に柵を張りめぐらす。その隙間から銃で狙う」

頭のなかの濃と会話を交わし、策を紡いだ結果が、目の前の光景であった。

柵の前のいたるところに屍《しかばね》の山が築かれてゆく。

敵の背後には長篠城がある。そもそも敵は、この城に籠《こも》る家康側の軍勢を囲むためにこの地に布陣したのだった。ここに信長が率いる援軍と、家康の後詰の兵が殺到したため、勝頼はわずかな兵を城に残し、信長たちと対陣するために設楽原に軍勢を動かしたのである。

信長は武田勢の布陣をやり過ごすように南の山から密《ひそ》かに兵を回して長篠城を囲む敵への奇襲を試みた。

これも、脳裏の濃との会話によって導いた策である。

奇襲の結果がわかるより前に、設楽原で両軍は激突した。状況は一進一退。堅牢《けんろう》な柵に守られた織田徳川両軍に、敵もやすやすと近づくようなことはなかった。

状況が変わったのは、長篠城に奇襲をかけた徳川勢が、城に籠っていた味方とともに設楽原へとむかっているという報せが信長に入ってからだった。城を攻囲していた兵たちが敗れたことを、勝頼も知ったのであろう。すぐさま本陣が撤退をはじめた。

これに呼応するように、敵が一気に柵にむかって突撃を仕掛けてきた。なんとしても勝頼だけは生きて逃がすという意思の下、無敵を誇った武田の騎馬隊が馬防柵にむかって愚直な突撃を始めたのであった。

「撃てぇっ！　一発残らず撃ちまくれっ！」

信長は吠《ほ》える。

武田に大勝すれば、諸国の大名たちも信長の力を改めて知ることになるだろう。

天下がまた一歩近づく。

「撃てぇっ！」

床几《しょうぎ》から立ち上がって叫ぶ。

屍の山が増えてゆく。

また、多くの敵を殺した。

信長は瞼《まぶた》を閉じる。

濃の……。

悲しそうな顔が闇のなかに浮かんでいた。

長篠での大勝から六年あまりが過ぎようとしていた。戦に明けくれ瞬く間に時が流れ、信長は四十八になっていた。

その間にも多くの敵を負かした。

紀州雑賀《きしゆうさいか》の一揆《いっき》を平定し、光秀に命じ丹波《たんば》を支配下に収め、長年の悩みの種であった大坂《おおさか》の本願寺とも和睦《わぼく》を果たした。武田はすでに往時の力はなく、関東《かんとう》の雄、北条家も信長に服属を申し出ている。

美濃から居を移した。

近江国、安土《あづち》である。

琵琶湖が見渡せる安土の山に地下一階、地上六階の天主を築き、山を廓《くるわ》で囲い、麓《ふもと》には家臣たちの屋敷地を配した。

天下布武を体現する日ノ本の中心となる城である。

この城に濃は一度も足を踏み入れてはいない。

濃が信長の元を去って七年あまり。脳裏に刻まれた面影も少しは薄らぐかと思ったが、目を閉じればいまもはっきりとあの憎らしい顔が蘇《よみがえ》る。信長の元を去っていった多くの者たちが、すでにおぼろげなものとなっているなか、濃の姿だけはいまなお鮮明に瞼の裏に焼き付いていた。

「おぉぉ」

喚声が耳を覆い、信長は我に返る。

京の内裏の脇に特別に設《しつら》えた馬場に信長はいた。大黒《おおぐろ》という名の愛馬にまたがり、紅梅文様と白の段替わりの小袖《こそで》の上に金紗《きんしゃ》の羽織を着込み、唐冠《とうかむり》を被《かぶ》ったその後ろに花を立てている。

顔には薄化粧を施し、眉《まゆ》を描いた。

都の民が、軍勢のなかでも一際目を引く信長を見て感嘆の声を漏らしている。民が見ているあたりから隔絶された場所に、一段高くなった客席が築かれ、そこには帝《みかど》を中心とした公家《くげ》の一団が座っていた。

織田家の家臣たちが一堂に会した天覧の馬揃《うまぞろ》えである。正月、安土で開いた左義長《さぎちょう》の祭の際に、家臣たちを仮装させた馬揃えを行った。それを聞いた帝が、是非見てみたいと言ったので、急遽《きゅうきょ》内裏の側に馬場を築いて、都での馬揃えと相成った。

信長の前後をきらびやかな装束を着けた家臣たちが囲み、帝の前で堂々と織田家の威信を誇る。都を守っているのは我等なりと、主《あるじ》の馬の下で歩む徒歩《かち》すらもが誇らしげな顔であった。

大黒の背にまたがり、信長は馬場を行く。その胸中にあったのは、眉のことであった。

あの日も、眉を描いた……。

犬千代たちに騒がれながら、着飾った日のことを思い出す。

「犬、眉が太すぎる。さりげなくじゃ」

「勝三郎、もっと高《たこ》う、大きゅう巻き上げよ。毛先を散らせ」

「橋介、帯はつまらんな。縄にせよ」

これから城に来る己の妻がどんな女子《おなご》か、楽しみで仕方なかったことを思い出す。

濃がいまの信長の姿を見たらどう言うだろうか……。

「年甲斐ものう着飾って、みっともないの」

濃が隣に並んでいるかのように、耳の奥に声が響く。

「うるさいわ。帝の機嫌を取るんも、わしの務めじゃ」

槍《やり》を持って前を行く徒歩の従者が驚いたように振り返った。見開かれた目がこちらを見ていることに気付き、信長ははじめて己が妙なことを口走ったことを悟った。

咳払《せきばら》いをして、何もなかったように従者を無視して前をむく。

何をしても、どれだけ天下に近付こうとも……。

虚《うつ》ろだった。

＊

咳《せき》をすれば皆が気付く……。

そう心に念じ、濃は床の脇に置かれた湯呑《ゆのみ》にしずかに手を伸ばす。

固く閉じられた襖《ふすま》のむこうから、子供たちの声が聞こえてくる。昼でも薄暗い寝間には不釣り合いな快活な声を耳にしていると、思うようにならない己の体が余計に憎らしく思えてくる。

「力強う払う、そうじゃ、よい『春』じゃ。ん？　おんしはまんだ落書きをしよるな！」

貞家が子供を叱っている。濃が体調を崩してからは、貞家が子供たちに読み書きを教えてくれていた。

城を出てから七年。もはや貞家が濃に従う義理はない。あの人に命じられているのであろうか、わずかな禄《ろく》を与えられているのであろうか、貞家は文句ひとつ言わず濃の側にいてくれる。

武士なのだ。

もっと良い人生があったであろうと思う。己の所為《せい》で貞家には損な役回りをさせてしまった。戦場を駆け巡り、武功をたてて城を持ち大名になる。そんな人生も貞家にはあったはずだ。そのすべてを己が台無しにしてしまった。

「ねぇ、師匠は？　今日も休み？」

襖のむこうから声が聞こえた。小丸の姉の子だ。叔父《おじ》である小丸に似て、いたずら好きのやんちゃ坊主である。ここに来ていたころは小さかった小丸だが、いまでは立派な大人になり親をささえて畑仕事に精を出している。時折、濃の体調を心配して顔

を見せてくれた。その度に沢山の野菜を置いていってくれるのだが、貞家とふたりで
も食べきれぬから、余った物は漬物にし、時折訪れる各務野夫妻のような客に与えている。

「師匠に教わりてえわ。なぁ？」

別の子が言った。

有難い。

素直にそう思える。

こんな己でも、誰かに必要とされていると思うと、少しだけ気が和らぐ。

「ええからやれて！」

貞家が子供たちを叱りつけた。床に伏せる濃をおもんぱかってのことである。

人の思いやりに包まれて、穏やかな日々を送っていた。

満たされている。

体が思うようにならぬのは仕方がない。快方にむかうのか、このまま死んでしまうのかは、天の決めることだ。濃の手が及ぶ範疇《はんちゅう》の話ではない。

咳が……。

喉《のど》の奥からせり上がってくる。

焦りながら床の脇に手を伸ばす。湯呑をつかもうとした指先が、硬い物に触れた。

かまわず湯呑をつかんで体をわずかに起こして水を飲む。目を閉じ、しばらく息を整えると、ふたたび横になった。

湯呑を置いて、さっき指先に触れた硬い物に手を伸ばす。

三本足の蛙が、濃を見守るように枕元に座っている。その頭を、細くなった指で撫《な》でた。あの人に似ているへの字口をした顔を。冷たさがじんわりと指先から伝わって来る。

閉じた目の奥に、あの人とともに歩んだ都の街並みが浮かぶ。軒を連ねる店に並んだ、米や野菜に綺麗《きれい》な衣。磁器を売る店で、この蛙を見付けた。

あの日……。

夫と結ばれた。

けっきょく子を生《な》すことはなかったが、いまとなってはそれで良かったと思う。もし、子がいたら、夫は濃を捨てきれなかったかもしれない。濃もまた、暇《いとま》を乞《こ》うことをためらったかもしれなかった。

隣から聞こえてくる陽気な声が、そんなことを想わせる。

「詮無きことを……」

つぶやきながら蛙から手を放す。

いまさら〝たられば〟の話をしても、どうなるものでもない。すでにあの人は濃のことなど忘れてしまっているだろう。病を得て動くことすらままならぬ、こんな姿を見せるつもりもなかった。

もう二度と交わらぬ縁なのだ。

己がこれほど昔に執着するとは思ってもみなかった。憧《あこが》れていた父のように、人の縁など己を利するための道具だと思っていたつもりだった。

どこで変わってしまったのか。

濃にはわからない。

ただ、あの人や貞家、各務野に子供たち。

捨てきれない縁が濃には絡みついていて、振り切ろうとしても離れてくれない。

「こっ……」

咳が出る。

体を起こして両手で口を押さえる。

病は確実に、総身を侵し尽くそうとしていた。

＊

京に築かせた二条城《にじょうじょう》の庭は、活気に包まれていた。

「えぇぞぉっ！　そうじゃ！　もそっと寄れっ！　寄らぬかぁっ！」

男たちの割れんばかりの喚声が土俵を囲んでいる。一段高くなった客席で、信長は家臣や公家《くげ》たちとともに力自慢の男の真剣勝負を眺めていた。

肉と肉が土俵の中央でぶつかり合う音が、喚声を割って聞こえてくる。家臣たちが率いる者のなかから選ばれた精兵たちが、己《おの》が主《あるじ》の面子《メンツ》のために目の前の男をなんとしても転ばせんと躍起になっている。目を血走らせて戦う男たちを前に、見守る家臣たちの息も荒い。

だが。

信長の目は熱気に浮かされた皆とは違う物を捉《とら》えていた。

男たちと一緒になって騒いでいる女たち。どうやら公家の娘や彼女等に仕える女官のようである。女たちの一団が、男たちに混じって荒々しい戦いを嬉々《きき》として眺めていた。男ぶりの良い者が勝利すると、手に手を取って喜び、武士に負けぬよう大声で声援を送っている。

別に興味があったわけではない。女など望めばいくらでも手に入る。いまさら若い女を見て心を躍らせるという歳でもない。

目が離れないのだ。

かまびすしく騒ぐ女たちのなかに……。

濃がいた。

だから信長は、ぼんやりと眺めている。あんなところにいるはずはないと、頭ではわかっていた。いまごろ濃は、美濃の山奥で貞家とともに静かに暮らしているはずだ。もう二度と、都に来ることもないだろう。

わかっているのに……。

たしかに視界の真ん中で、濃が女たちとともに笑っていた。

「殿」

声が聞こえた。

近頃、信長が信を置いている小姓の森蘭丸《らんまる》である。

心配そうな声を無視しながら、人ごみのむこうの濃を信長は見つめ続けた。本当に愉《たの》しそうに、男たちの勝負を見守っている。信長の視線に気付いてはいない。これほど注視しているというのに、濃はこちらに目もくれず大声で騒いでいた。

いつも、そうだったような気がする。

あの女は、己のことなど見てはいなかったのだと、いまになって信長は思う。己という存在に、みずからの夢を投影していた。信長は信長であって信長ではない。濃の夢の現身《うつしみ》であったのだ。もし己が男であったなら。もし一国を左右するだけの力を持っていたなら。義父とともに夢見た物を、信長に重ねていたのである。

だからいつも。

濃といると寂しさが常につきまとった。己を見てくれと叫びたくなる衝動を、強がりで誤魔化し、正面から向き合うのを信長は避けた。

愉しそうに笑っている濃が、かたわらの女に声をかけ席を立つ。

思わず信長は腰を浮かせた。

待て……。

心につぶやきながら、去ってゆく濃を追おうとした。

刹那《せつな》。

腹の奥から嫌悪の塊が迫《せ》り上がってきて、そのまま喉を通って口から溢《あふ》れ出した。

「殿っ！」

蘭丸が駆け寄ってくる。

己の体を支えきれず、信長は天を仰いだまま倒れ込んだ。その背に蘭丸の腕が伸び、そのまま みずからの胸へと抱え込む。

「薬師《くすし》じゃっ！　薬師を呼べっ！　誰ぞあるっ！　殿を部屋にお連れするっ！」

蘭丸が叫んでいる。

駆けてくる家臣たちの隙間に信長は目をやった。

女たちが心配そうにこちらを見ている。

濃は。

いなかった。

十二

何も見えない……。

白い。

何もかもが真っ白だった。

信長は両手で白色の虚空をかく。しかし、なんの手応《てごた》えもなく、靄《もや》のごときそれは信長の腕をすり抜けて、その後ろでふたたびひとつになる。形無き白色の天地に放りだされ、信長の心は千々に乱れた。

死という言葉が頭を過《よぎ》る。

それまでのことが何ひとつ思い出せない。ここに来る前に何をしていたのか。どこにいたのか。何を考えていたのか。覚えていないし、思い出せない。

ただ己が織田信長という名の男であるということを覚えている。それだけが、霞《かすみ》に包まれた天地のなかで唯一の光明であった。

頼りない足取りで靄のなかを歩む。何故、歩くのか。どこにむかおうとしているのか。そんなことを考えるより先に、足が前へ前へと進むのだ。己の意図とは別に、足が動く。見えない何かに誘われるように、信長はただひたすらに歩み続ける。

歩む歩む歩む……。

音のない地平を進む。身中を巡る血潮の音すら聞こえない。

本当に死んだのかもしれぬ。そんなことを思いはじめる。

ここが冥府《めいふ》であるのなら、なんと味気ないものであろうか。現世で聞いた極楽も地獄もない。三途《さんず》の川でさえ、どこにもなかった。このまま己という存在が、次第に靄にとろけて消えてゆく。それが死であるのなら、それもまた一興だなどと考えているうちに、靄の先にわずかな光を見出《みいだ》した。

前へ踏み出す足に力が宿る。

標《しるべ》なく進んでいたころの頼りなさに比べれば、微《かす》かな光であったとしても、目指すものがあるという一事が心を一気に軽くさせた。とにかくあの光へという想いが、足を前へ前へと進める。

近付くたびに、光が輝きを失ってゆく。弱くなるとともに、光であったものが違う像を結び始めた。

大きな湖が、白き天地の真ん中にぽっかりと浮かんでいる。近付くと、浮かんでいたはずの湖のほとりに、自分が立っていることに信長は気付いた。

靄のなかで湖面が禍々《まがまが》しいほどに黒く見える。

「……！」

湖面に何かがいることに気付いて声を上げようとしたが、思うように口が動かない。

女だ。

女が立っている。

純白の一重の衣を身に纏《まと》い、信長に背を見せて、女が湖の浅瀬に立っていた。その体付きに見覚えがある。何年会っていなくとも忘れはしない。

顔を見ずともわかる。

濃っ！

叫んだつもりだったが、声が出ない。発したが、靄に吸い込まれて信長自身の耳にすら届かなかったのかもしれない。とにかく湖面に立つ濃の背には、信長の声は届かなかった。

なのに、信長に気付いたのか、濃が足は前にむけたまま腰を回して振り返った。

一人ではなかった。

赤子を抱いている。白い絹のおくるみに包まれ、顔までは見極められないが、丸まった頭にはまだ毛はない。乳飲み子のようであった。まだ、生まれて間もない。信長の勘がそう告げている。

貞家との子か……。

信長の頭を、そんな言葉が不意に過《よぎ》ったが、次の刹那にはそれが己の子であることを悟っていた。

ふたたび背をむけた濃が湖の中心にむかって歩を進める。

待て。

言葉にならない。

追おうとするが、なかなか足が進まない。まるで己だけ泥の沼にいるかのようだと思い、信長はみずからの足に絡みつく物に目を落とした。

屍《しかばね》……。

おびただしい数の屍が、泥のようにくぐもり信長の足に絡みついて、濃の元へと行こうとするのを阻んでいる。両腕を乱暴に振りながら、屍を振り切るようにして歩むが、思うように前に進めない。その間にも濃はゆっくりと湖面に沈んでゆく。もう腰あたりまで水に没していた。このままいけばすぐにでも赤子の顔は水に埋もれてしまう。

待つのじゃ濃！

口は開くのだが声が出ない。

赤子が湖面に没した。

屍の沼が信長を縛りつける。

振り返ることなく。

濃も没した。

信長は天を仰ぎ、声にならない悲鳴を上げた。


「のおぉぉぉぉぉぉぉぉっ！」

「殿、気が付かれましたか」

飛び起きた信長の視界に、湯呑《ゆのみ》を差し出して来る人影が飛び込んで来た。

濃。

思うと同時に組み伏せていた。湯呑が床の上を転がる音を聞きながら、信長は己《おの》が顔の下にある笑みが次第に像を結んでいくのを、目をこらして凝視した。

「お疲れが出たのでござりましょう。殿は何日もろくに寝てござらなんだによって」

濃ではなかった。

飛び起きて、寝たまま固まっている男の脇に座る。すると、男は静かに身を起こして、褥《しとね》の脇に控えた。

「森蘭丸」

男の名を呼ぶ。

「は」

答えた蘭丸の声に動揺の色はない。

「何のためじゃったかのう」

「は？」

主《あるじ》の問いの意味が悟れず、寵愛《ちょうあい》する小姓は不審の声を返してきた。信長は蘭丸に構わず、虚空をぼんやりと眺めながら、心の裡《うち》を言葉にして零《こぼ》してゆく。

「立ち向こうてくる敵はすべて殺いた……。安土にいまだかつてない城を造った……。京で天子様すらあおぎみる威を示した……」

「はい」

蘭丸の相槌《あいづち》に信愛の情が籠《こも》っている。

信長は己が掌《てのひら》を視界の真ん中に掲げた。

「何のためじゃ……？　わしは何のためにここまでやってきたのであったか……」

あまりにも失った物が大き過ぎる。だが、それをいまここで口にしたところで、若き小姓がわかってくれるはずもない。

「天下布武のためにござりまする」

主のまことの心の裡などわかりもせずに、蘭丸が淀《よど》みない声で答えた。

しかし、蘭丸だけではなく、織田家の者たちは誰であろうと、信長に先の問いを投げられれば天下布武のためだと答えるだろう。信長自身が天下一統のために掲げた理念であるし、天下布武の四文字を示し、家臣たちを戦に差し向け続けたのである。

それなのに、信長自身が蘭丸の簡潔な答えに納得できない。

「殿」

信長の懊悩《おうのう》を押し留《とど》めんとするように、夕暮れに染まる障子戸のむこうから堀秀政の声が聞こえた。

「なんじゃ」

「美濃より福富殿が参られておられます」

「貞家が」

意想外の名が秀政の口から発せられ、信長の脳裏には、先刻の夢がよみがえる。

湖に没する濃と赤子……。

不吉な予感が、信長の暗き心中により濃き闇を生み出した。

＊

「福富殿が帰ってきんさりました。開けますぞ」

客を迎えるために部屋を出たすみの声が、戸のむこうから聞こえてくる。閂《かんぬき》を施した木戸を見つめ、濃は壁際にうずくまっていた。

闇のなか聞こえてきた蹄《ひづめ》の音が、四半刻も前から客の到来を知らせている。貞家がどこかへ行ったのは知っていたが、多くの馬を引き連れて戻ってきたということは、客はあの人しかいない。

布団から這《は》い出し、重い体を引き摺《ず》って門をかけ、戸から一番離れた壁に濃がうずくまったのは、庵《いおり》の前で蹄の音が止む直前のことだった。

「客人じゃ、開けてくんされ」

貞家が戸を叩《たた》く。温厚な男である。平素は戸を叩くような無礼な真似はしない。よほど焦っているのだろう。だが、言うことを聞いてやるつもりはない。

突然、木戸が外から弾《はじ》けた。

破れた木戸から月明かりが漏れ、庵を照らす。

貞家や各務野を引き連れた夫が敷居をまたいで草鞋《わらじ》のまま土間から飛び上がって部屋に立った。

壁の方に顔をむけ、濃は叫ぶ。

「出て行け……！　誰がその者を呼べと言った！　出て行け！」

久方振りに大声を出した。脳天の辺りから何かが抜けるような心地になって、ふっと気を失いそうになるのを、濃は気持ちを引き締めて耐える。

目の前にしゃがみ込み、顔を覗《のぞ》き込もうとする夫が息を呑《の》む音が聞こえた。しばらく濃を見た夫が、背後の貞家を見る。

「なぜにもっと早《はよ》う知らせなんだっ」

貞家を叱りつける。

何年振りかに聞いた夫の声は、相も変わらず怒っていた。

「知らせたあかん……。殿の邪魔をしたらかんと言いんさったもんで……」

戸惑いながら貞家が答える。たしかにそんなことを言った。だが、それを夫自身に聞かせるなど、忠臣らしからぬ暴挙ではないか。体が思うようになるのなら、立ち上がって叱りつけてやりたいのだが、いまの濃は黙って壁に寄りかかっているだけで精一杯だった。

「貞家、お主が夫じゃろうが！」

「夫……？　滅相もない。この七年間、それがし、お方様には指一本触れとりません」

事実である。

貞家が濃に触れることなど、これまで一度もなかった。濃はそんなことを一遍たりとも考えたことなどないし、恐らく貞家も同じ想いである。主と家臣以上の関係など、持つつもりもなかった。

「なんじゃと？　わしの言いつけに背いたか」

はじめて知った。

夫が、貞家に夫婦になるように命じていたことを知って濃はなんとも言えぬ気持ちになる。もしそれが本当ならば、貞家の思いは如何様《いかよう》なものだったであろうか。先の主ともいえる夫に、先妻の後添えになるよう命じられ、濃には家臣としか見られない。もしも、幾何《いくばく》かでも貞家に、濃を慕う気持ちがあったのならばと考えると、濃はいたたまれない気持ちになる。己が当たり前に感じていた主従の日々は、貞家にとって苦悩に満ちた毎日であったのだろうか。もしそうならば、濃はどれだけ頭を下げても貞家に謝りきれないほどの、苦しみを与えてしまったことになる。

そんな忠臣が震える声で夫に答えた。

「いまも尚、心の奥底で殿を恋い慕いよりんさるお方様に、なぜそのようなことができましょうや！」

最後の一語に夫への怒りが滲《にじ》んでいた。無粋な命を下した夫に対し、貞家は怒っている。

黙したまま夫が膝《ひざ》を前に進めた。手を伸ばせば濃の肩に触れられるところまで、大は近づいていている。

「来るな！　見るでない！」

これ以上、いまの姿を見られることに耐えられなかった。

口惜《くや》しい。

夫にとって己は、暇乞《いとまご》いをした時のままであって欲しかった。己の足で立てるままの己を思い描いて欲しかった。

もう明日からは、夫の脳裏に浮かぶ濃は、庵の壁に寄り添い強がりを口にする骨と皮だけの年増《としま》となってしまった。

せめて夫の心の裡でだけは綺麗《きれい》な己でいたかったのに……。

目の奥が熱くなる。

「安土へ来い」

信じられない言葉を夫が口にした。

この男は何を言っているのだろうか。濃は一瞬、投げかけられた言葉の意味を見失い呆然《ぼうぜん》とした。伏せている顔を思わず上げようとして、見られてはならぬと思い直し、さっきよりも深く顔を傾ける。それから、やっと返答を投げることができた。

「おまい様とはとっくに縁が切れとる」

「つべこべ言わいで来い！　お主の病は、わしが治す！」

胸が騒ぐ。

体の芯《しん》が熱くなる。

両の目の奥で何かが滾《たぎ》っている。

病を治す。

あの夫が？

戦ばかりで妻のことなど一顧だにしなかった男が。

悪口を心のなかで繰り返すが、先の言葉が濃の身中に灯《とも》した炎はなかなか消えてはくれなかった。

駄目だと心で己に言い聞かせる。

このまま夫の言葉に甘えて安土に行けば、きっと覇道の足枷《あしかせ》となるはず。己の我儘《わがまま》で歩ませることになった修羅の道を外れることになるだろう。濃の夢はすでに夫のものである。今度は濃の所為《せい》でそれを放棄させるような真似はしたくなかった。

「情けはいらん！　おまいの世話などなりたないわ！」

これが一番良い断わりの言葉だと思い、濃は声高に叫んだ。

だが。

夫は黙って聞いている。腰を上げようともしない。ただ濃を見つめたまま、じっと耐えている。

「帰ってくんさい！」

天下布武のため、家臣のため領民のため、夫にはなさねばならぬことがある。これから死に行く女のために、後ろをむいてはならぬ男なのだ。

もう……。

尾張のうつけであったころの織田信長はいない。

夫は変わった。

濃の元から去った。

「わらわを見たらだしかんぞ！」

こんな私を見ないで。

泣きそうになる。

「なんで連れてきたんじゃ！」

苛立《いらだ》ち紛れに夫の背後にいるであろう貞家たちを叱りつける。

どうせ死ぬのなら、貞家や各務野たちに見守られ、心安らかに死にたかった。安土に行ってどうなるものか。夫は治すというが、もはや濃の病は治らない。己の体だ。濃は誰よりもわかっている。もはや尾張でともに海を見たころのようにはなれない。

「帰れっ！」

壁際にある物を手に触れた物から構わず投げつける。もはや持ち上げるだけで精一杯の腕では、傷付けることなどできない。童《わらわ》が使う硯《すずり》が、夫の分厚い胸で鈍い音をたてて床に転がる。それでも夫は一歩も退《ひ》かずに濃を見守っていた。

夫の脇を抜け、各務野が抱き付いてきた。必死に抵抗するが、壮健な各務野の力に抗することができない。

「姫っ！」

頬を挟むようにして持った各務野が、己の顔の前で濃の頭を止めた。元の女中頭は皺《しわ》くちゃになった顔を涙でべっとりと濡《ぬ》らしながら、濃を見つめている。

「姫……。よう御覧なさい」

言いながらゆっくりと各務野は己の顔から、濃の目を逸《そ》らしてゆく。

「殿のあのやつれんさった、みじめなお顔を」

女中頭の肩のむこうに、懐かしい顔があった。

「っ……！」

思わず濃は言葉にならない声を吐いた。

月明かりに照らされた夫の顔に、髑髏《どくろ》のごとき影が落ちている。目は窪《くぼ》み、頬は削《そ》げ、いまにも地獄の獄卒に引き据えられそうな禍々《まがまが》しい顔付きであった。落ち窪み闇に沈んだふたつの洞穴の真ん中で鈍く光る瞳《ひとみ》が、濃を見つめていた。

優しい。

これまで見たどの時よりも優しい目で、夫が濃を見つめていた。

「助けが必要なのは、殿のほうにござります」

もはや夫から目を逸らさなくなった濃を抱きしめながら、各務野がささやく。震える肩に顎《あご》を載せ、やつれた夫と見つめ合う。

「殿が姫に助けを求めよりんさるのじゃ……。で、ございましょう、殿？」

涙声で言った各務野が顔だけで振り返る。

夫がちいさくうなずいた。

「……わしのそばに……」

この人はこれほど澄んだ声を発することができたのかと、濃は心から驚いた。己を大きく強く見せるために、必ず威勢を漂わせていた夫の物とは思えぬ、か細い声に、濃は何も言えずにいる。

はじめて夫の本当の声を聞いたような気がした。その声は、童が母を求めるようなどこまでも頼りないものだった。

哀願するように夫が素直な想いを口にする。

「濃……。わしの……わしのそばに……おってくれ」

夫が深々と頭《こうべ》を垂れた。

各務野が元の主《あるじ》の体を抱いたまま声を上げて泣きだす。

夫の素直な気持ちに触れたいま、己を偽ってはならぬ……。

濃は温《ぬく》もりに包まれながら、想いのままにうなずいた。

十三

背に確かな重みを感じながら、信長は一歩一歩階段を登ってゆく。

地下一階、地上六階の天主である。いかに病で痩《や》せているとはいえ、女ひとりをおぶって登るのは、大層骨が折れる。だがそれでも、いっこうに苦にならない。最上階からの眺めを、他の誰よりも見せたかった者に見せるのだ。疲れたなどという腑《ふ》抜《ぬ》けた理由で足を止めるつもりもないし、誰かに運ばせるようなこともしたくなかった。

己の足で、ふたりきりで、天主の上から近江を望む。

現世では望めぬと思っていた夢が叶《かな》うことに、信長は心の底から昂《たか》ぶっている。

濃が安土に来てくれた。

己だけの力ではないと信長は思う。信長が側にいない間も長きにわたり濃の世話をしてくれていた各務野や貞家の尽力があってのことである。

頑固な濃が、首を縦に振ってくれた時、信長の背後で貞家は武士であることすら忘れ声を上げて泣いた。床に手を突き、ぼろぼろと涙を流しながら、主の行く末を想い男泣きに泣いていた。

夫としてではない。濃の忠実な従者として、貞家は己の任を全うしてくれていたのだ。すでに老境にいたっている貞家にいまから何ができるのかわからないが、信長は精一杯報いるつもりだった。

最上階へとたどり着く。金箔《きんぱく》を貼ったまばゆい室内に立ち、肩に載る濃の顔に声を投げる。

「どうじゃ、これが安土城の天守じゃ！　かような城は見たことがあるまい！」

うるさそうに眉根《まゆね》を寄せ、濃が信長の声を聞いている。赤みがさした頬が、美濃で見たころよりも少しだけ丸みを帯びていた。気の所為《せい》かもしれぬほどの変化であるが、信長は丸くなったと心中で無理矢理、断言する。

金色に染まる部屋をおぶったままゆるりと回り、開かれた戸のむこうに巡らされた廻縁《まわりえん》へと出て、ゆっくりとしゃがんだ。おぼつかない足取りで濃が立つのを体を支えながら助けた信長は、廻縁の手摺《てすり》をつかんだ妻の隣に立った。

眼下に見える琵琶湖が銀色に輝き、風で水面を震わせると巨大な魚が鱗《うろこ》を震わせたかのようである。都からもっとも近い淡い水の海で、近淡海。近江国の由来である。安土山から見下ろす琵琶湖は、たしかに海の広さを思わせた。

「外を見よ、まさに天界から下界を見下ろすようじゃ！」

こうして二人して琵琶湖を眺めていると、尾張の海を見た日のことを思い出す。異国へ行きたいという濃の夢を叶えられるだけの力は、信長にはまだない。だが、きっといつかはと思っている。日ノ本を一統した暁には、かならず濃とともに異国へと願う自分がいることを、信長は素直に喜んでいる。

年の所為なのかと思う。

若いころほど依怙地《いこじ》でなくなった。己を大きく見せようと思うほどの焦りもない。もはや大きく見せずとも、誰もが織田信長という男を認めている。そう確信できていることも、大きいのかもしれない。

「……なんとあさましや」

手摺に手をかけたまま、濃がつぶやいた。思ってもみなかったひと言に、つい眉《まゆ》が吊《つ》り上がる。

「あさましいじゃと？」

濃の横顔をにらみながら問う。まだ頰の骨が突き出している妻が、近淡海を見下ろしながらこれみよがしに溜息《ためいき》を吐いた。

「登ってくるばかりで一苦労じゃ」

〝己の足で登ってきたわけではなかろう。そんなことを言うのなら二度と登ってくるな〟という言葉が脳裏に湧いた。昔はこれを喧嘩腰《けんかごし》で言ったから、よく喧嘩になった。しかし、そんなことを言っても詮無きことである。現に信長もここまで一人で登ってくると、たしかに息が切れるのだ。今日は濃をおぶってきたから、なおさら疲れている。

濃の言い分には一理も二理もある。

ならば話を変えるのみと思い、信長は部屋に目をやった。

「これは南蛮の技も取り入れた、いまめかしい造りで……！」

「こんなもん造って喜びんさんのはただのわっぱじゃ！　わっぱ！　みとうもない！」

信長が言い切りもせぬうちに、濃が吐き捨てた。喧嘩腰で言ってはいるが、存分に腹に力が入らぬのか、言葉に覇気がない。昔ならば、信長の背中を言葉の鞭《むち》で打つような、ぎくりとする圧があった。

それでも、久方振りに悪態を吐く濃の姿が見られて、信長の唇は自然と緩む。

何が不満なのか、濃は夫の顔も、部屋の中も見もせずに、琵琶湖をにらみつけている。鼻息が荒いのは疲れたからなのかと心配になって、顔を覗《のぞ》き込もうとすると、これみよがしにそっぽをむく。

その様があまりにも滑稽《こっけい》で、ついつい声を上げて笑ってしまう。

陽の下であらためて見た濃の顔には、はっきりと赤みが差し、本当に頬に肉が付き始めていた。

「……顔色がようなったのう」

心のままの言葉を口にすると、そっぽをむいていた濃が、顔をくるりと回して信長を見た。

「……おまい様とおると頭に血がのぼるわ」

言って濃が笑う。

湖から上がってきた風が、笑い合う二人の間を吹き抜けた。

目の前で笑う濃の目尻《めじり》に皺《しわ》が寄る。恐らく己にもと信長は思う。

互いに歳を取った。

長い回り道をした。

だからこそ、笑い合えるこのひと時を、信長はいまだけのものにしたくはなかった。

*

いかめしい面構えで、夫が急須《きゅうす》を睨《にら》みつけていた。茶道の師にでもなったつもりなのか、息をすることすら忘れるようにして湯を注ぎ、頃合いを見計らっている。その様があまりにも滑稽過ぎて、声を上げて笑ってしまいそうになるのだが、これもすべて己のためにしてくれていることなのだと思い、濃は夫の横顔を見つめながら必死に笑いをこらえている。

「伊吹山《いぶきやま》に薬草園を作った。各地から種を取り寄せ、幾千もの薬草を育てる。もう治らぬ病はない。これは南蛮の薬草じゃ」

口から湯気が昇る急須を見つめ、夫がつぶやく。

この人はいったい何者になったのかと問いたくなる。いまは茶道の師のごとき振舞いをしているし、言っていることは薬師《くすし》のそれである。この男が、天下を恐れさせ、逆らう者を皆殺しにする第六天の魔王だと言われて、誰が信用するだろうか。家臣たちも連れず、一人、濃の私室に現れてみずから持ってきた薬草を煎《せん》じていると、そこいらにいる壮年の侍でしかない。

近頃は体調も優れ、咳《せ》き込むことも少なくなった。いまも褥《しとね》を畳んで、夫のかたわらに座っていた。開かれたままの障子戸のむこうから、琵琶湖の水気と安土山の木々の精気を存分に孕《はら》んだ風が吹き込んできて、濃の体を瑞々《みずみず》しい気で満たしてくれる。近江の風を鼻から思いっきり腹の底まで吸い込んでいると、体の奥でくぐもっている病の根のような物が、幾分やわらぐようだった。

急須をにらみながらうなずいた夫が、膝元《ひざもと》に置いた湯呑《ゆのみ》を手許《てもと》に引き寄せ、ゆっくりと急須のなかの物を注いでゆく。湯呑のなかから湯気が立ち上り、部屋じゅうが草の匂いに包まれる。それ自体は悪い匂いではない。美濃の山を駆けまわっていたころのことを思い出すような草花のそれであった。

満面に笑みを浮かべ、夫が湯呑を差し出して来る。

「さあ飲め」

嬉《うれ》しそうな声にうながされ、湯の熱が満ちた湯呑を手に取って口許まで持ってくる。

「臭っ！」

思わず声が漏れる。

我慢できなかった。

鼻に近付けた途端、草の匂いが激烈なまでに勢いを増した。美濃の山を駆け巡っていたころを思い出すどころではない。体が小さくなって雑草のなかに閉じ込められたような気になるほどの強烈な匂いであった。

濃は湯呑を夫に突き出す。

「おまい様が飲んでみんさい」

みずからが作った物を拒否するわけにもゆかず、夫が口をへの字に曲げながら胸を張って湯呑を手に取る。そしてそのまま、濃と同じように鼻先まで持ってゆく。

「おえ……」

堪《こら》え切れずといった様子で、夫が声を出して吐きそうになった。

「ほれ、みい」

己が飲めぬ物を人に飲ませるなと言おうとした刹那《せつな》、夫が息を吸って腹に気を溜《た》め、湯呑をにらんだ。

「おまい……」

様と言おうとした時、夫が湯呑に口を付けて、薬湯を飲み始めた。

夫は壮健である。

美濃の庵《いおり》で見た時は、たしかにやつれていた。各務野が言ったように、夫が助けを求めているように見えたのは間違いない。

だが安土についてからというもの、夫は毎日のように顔を見せるし、美濃で見た時のような衰えはいっさい見受けられなかった。たしかに顔に皺が目立って老いてはいたが、物腰や口振りに衰えはいっさい感じない。

そんな夫に薬湯など必要ではなかった。濃に飲ませたい一心で、眉間《みけん》に深い皺を刻みながら、ぐいぐいと湯呑を傾けている。

「ふうっ」

深い溜息とともに、湯呑から口を外した夫が、濃のほうへ湯呑を差し出す。覗き込むと、まだ半分ほど薬湯が残っている。

わしは飲んだ。おまえも飲め。

覇気が満ち、陽光を受けて輝く夫の瞳《ひとみ》が、そう語っていた。

指先に触れるようにして湯呑を受け取る。それを両手で持ち、太腿《ふともも》の上に置いた。

緑の湯を見つめる。

夫は黙ったまま濃を見守っていた。急《せ》かして飲ませようとはしない。

安土に戻ってから、濃は感じていたことがある。

夫が喧嘩腰にならない。昔ならば強気でむかってきたであろうところで、濃の言葉を受け入れる。こういう時にも、急かすようなことを言わない。

年の所為《せい》なのかもしれない。

とにかく理由はどうあれ、夫が変わったことは間違いなかった。

想われている……。

無理をせずに、濃はそう感じていた。夫は濃のことを見ている。濃の身を第一に想ってくれている。

幸せなことだと濃は思う。

だが、果たしてそれで良いのだろうか。夫には夫の道があるはずだ。

想いが口からこぼれ落ちる。

「……あんましわらわにかまいんさんな……。やらなかん事がぎょうさんあろぅ」

「わしがしとうてしていることじゃ」

即座に答えた夫の言葉に迷いは微塵《みじん》もない。心底から言った時にだけ満ちる勢いが、夫の口調にはあるのだが、いまの言葉にはその勢いがあった。

嬉しい。

素直に思う。

それでも口からは裏腹な言葉が出てしまう。

「ほうじゃが、おまい様には代わりの利かん役目がある」

もはや夫は濃だけの物ではない。いや、いつだってこの男は、濃の物であったことはないのだ。濃自身もそれを望んでいたのである。己と父の夢を果たすための男でしかないと思っていたのだ。己の側で夫として生きるような者を求めたことはない。

各務野とその夫の話をしたことを思い出す。柿を欲張って食べた夫が腹を壊したことを嬉しそうに話す各務野を羨《うらや》んだ。しかし、それでも夫に、各務野の夫のようになって欲しいかといえば、否だと濃は断言できる。

そんな濃の心の裡《うち》など知りもせず、夫は快活な口調で言葉を紡ぐ。

「いまや息子らも結構な大将じゃ。権六もいる、丹羽もいる。明智も秀吉もいる。案ずることはない。お主はただ病を治すことに励め」

有難う……。

言葉にできないのは、濃が昔のままだからだ。素直になれず、ついつい悪態を吐いてしまう。夫は喧嘩《けんか》腰《ごし》にならぬようになったというのに、己はまだまだ昔を引き摺《ず》っている。

年を取ってなお、育っていないのは己のほうだ……。

そんな己を濃は恥ずかしく思う。

素直に礼を述べられないのならせめて……。

湯呑に唇を付ける。すでに冷めて温《ぬる》くなった薬湯を、目を閉じ一気に喉《のど》の奥へと流し込む。

薬湯が過ぎ去った喉から、乾いた声が湧き上がって来る。

「苦……」

舌を出して言った濃を見て、夫が嬉しそうに笑っていた。

穏やかに過ぎ去る時のなか、己の物でいてくれるうちは、夫に甘えても良いのではないかと思い、濃は苦さを堪え。

笑った。

十四

濃が安土に来て一年あまり。このところ濃の体調が思わしくない。

信長はそのことばかり考えている。

仕事も思うように手につかない。何をやっていても、頭のなかに不意に濃のことがよみがえる。

薬湯を煎《せん》じてやっても、悪態を吐かず静かに呑《の》もうとするのだが、幾度も咳《せ》き込んでしまい、最後まで呑まぬうちに床に伏してしまう。たまには外に出てみないかと誘ってみても、首を横に振るばかり。障子戸を開け放って顔を横にして床の上で見る庭だけが、濃と外の世との繋《つな》がりであった。

試しに悪態を吐いてみたり、わざと喧嘩を売ってみても、力無い声で強がりの言葉が返ってくるだけ。信長に対する敵対心や負けん気がいっさい感じられない。濃の心が凪《な》いでいるのが、手に取るようにわかって、このまま死んでしまうのではないかと恐ろしくなる。

信長の方はというと、濃が安土に来てくれてからというもの、幻覚に襲われるようなことや、急な目眩《めまい》もなく、日々健《すこ》やかに暮らせていた。毎日、濃のことを考えていて、余計な雑念に囚《とら》われることがないからかもしれない。

前だけをむいて歩けているという実感が、信長を壮健でいさせてくれている。

助けようと思い濃を安土に連れて来たはずなのに、信長自身が助けられている。濃の庵で、助けてくれと頭を下げたのは半ば以上、説得のためだったのだが、本当に己の方が助けられていて、濃の力には何ひとつなれていない。

もどかしくてたまらなかった。

「殿……。殿」

握りしめて真っ白になった己の拳《こぶし》を見つめながら思惟《しい》の海に埋没していた信長を、家臣の声が呼び戻す。丹羽長秀の声であると悟った時には、顔を上げて己が広間にいるることを思い出していた。家臣たちが居並び、上座の信長に目をむけている。その日に宿っているのは、主《あるじ》を案じる不安の光だった。

「……何じゃ」

何もなかったように、長秀を睨《にら》みつけながら問う。

「申し上げた通りの手筈《てはず》にて、万事差支えのうござりましょうか」

さすがに、その問いを投げられてしまうと、誤魔化したままでは進められない。観念した信長は悪びれもせず、長秀に問いを返す。

「何の話じゃ」

「……徳川殿、ご饗応《きょうおう》の儀にござりまする」

長秀に言われて、皆が集まっている理由を悟った。

長年の懸案であった武田家をこの年の三月に滅ぼすことができた。甲斐源氏の名門、武田家の最後の当主となった勝頼は、信頼していた家臣たちの裏切りにあい、わずかな家臣たちとともに武田家所縁《ゆかり》の寺がある天目山《てんもくざん》へとむかうが、滝川一益の軍勢に追いつかれ、妻子とともに腹を切った。

この時、勝頼を裏切った武田家の一門衆、穴山梅雪《あなやまばいせつ》とともに徳川家康が安土を訪れることになっている。武田との戦の功を賞し、家康に駿河と遠江を与え、梅雪の本領を安堵《あんど》した。今回の安土訪問は、この礼のためのものであった。

相手が礼を言いに来るといえども、迎える方は当然もてなさなければならない。

この接待役のことを、長秀が問うているのだ。

話は半ば以上聞いていない。たしか、長秀みずからが饗応役を買って出たような気がする。

それどころではなかった。

濃が死にそうなのである。

もはや、織田家は信長がいなくとも盤石であった。勝家を筆頭に、長秀、秀吉、光秀ら、有能な家臣が支えてくれている。そもそも、信長は六年も前に織田家の家督を息子の信忠に譲っているのだ。息子がまだまだ当主として心許《こころもと》ない故に、こうして政《まつりごと》の差配をしているが、そろそろ独り立ちしてくれなければと思っている。

天下さえ治まってしまえば、もはや信長の居場所など織田家にはない。後のことは信忠に任せて、己は思うままに生きられる。

その兆しはあるのだ。

武田を滅ぼし、信長が安土に戻るとすぐに、朝廷から使いの者が来た。太政大臣《だじょうだいじん》、関白《かんぱく》、将軍のいずれかに信長を推挙したいと言ってきたのだ。つまり、この三つから信長自身が選べということである。太政大臣は朝廷の最上位であり、関白は帝《みかど》を補佐する役目であった。将軍はもちろん征夷大将軍《せいいたいしょうぐん》のことであり、日ノ本の武家の棟梁《とうりょう》の証《あかし》である。

この三つから選べとは、信長を日ノ本一の武士であると朝廷が認めたということであった。

中国の毛利、越後の上杉、四国《しこく》、九州《きゅうしゅう》、東北《とうほく》と、まだまだ信長に頭《こうべ》を垂れぬ者たちも多い。しかし、朝廷が信長を武家の頂点であると認めてしまえば、これまで強硬な姿勢を取り続けてきた者たちのなかにも、信長にひれ伏す者がでてくるだろう。櫛《くし》の歯がひとつでも欠ければ、あとは脆《もろ》い。勝家を筆頭に家臣たちが存分にやってくれるはずだ。

欲する物は手を伸ばさずとも、掌中に転がり込んでくる。もはや、それだけの立場に信長は立っているのだ。

「その方に任せる」

言い捨てる。

長秀が黙して一礼した。

家康の饗応などよりも、一刻も早く濃の元へ戻りたかった。

「殿」

濃の居室へとむかう廊下を蘭丸とともに歩いている信長を、冷めた声が止めた。立ち止まり背後に目をやると、光秀が足早に迫って来ている。

蘭丸に目をやった。主の意図を悟った小姓は、無言のまま光秀に一礼すると、廊下を静かに後にする。

濃の元へ行く邪魔をする光秀に怒りを覚えた。信長は嫌悪を瞳《ひとみ》に込めて、青白い家臣の顔を見下ろす。

「殿」

なにやら思いつめたような顔をしている。光秀の総身には、いまにも殴りかかってきそうな剣呑《けんのん》な気配がただよっていた。

「日ノ本の統一のため、まさにいまが正念場でございまする」

「分かっておるわ」

強気に答える。正念場とはいえ、もはや信長以上の力を有する大名などどこにもいない。本心では、光秀が案じ過ぎていると思っていた。

そんな主の本音を知らず、己を忠臣であると思い込んでいるであろう男は、爪先で間合いを削りながら、なおも詰め寄ってくる。

「はばかりながら、殿の御前であくびをする家臣などかつてはおりませなんだ」

なんのことを言っているのかと、信長はしばし虚《うつ》ろになった。そして、先刻の評定でのことであると思い直し、家臣たちの顔を脳裏に思い浮かべる。

だが……。

長秀以外の者の顔が思い出せなかった。

饗応役を買って出た長秀とは言葉を交わしたから、いつもと変わらぬしかめ面を辛うじて思い出せはしたが、他の者がどんな顔をして信長を見ていたか、まったく思い出せない。勝家はいた。犬千代もいた。もちろん光秀もいた。顔ぶれは覚えているのだが、一人一人がどんな顔をしていたかとなると、急に頭に霞《かすみ》がかかる。

欠伸《あくび》をしている者がいた。

そう光秀は言った。しかしそれが誰なのかも、信長は思い出せない。もし、見咎《みとが》めていたら、さすがに叱りつけていた。評定の席で欠伸をするなど言語道断。あるまじき行いである。

「徳川殿は人を見抜きまする。殿を恐るるに足らずと思し召《おぼめ》せば、いずれ牙《きば》をむきましょう」

そこまで言われて、光秀の真意を知った。

信長が見咎めないことを承知しているからこそ、家臣たちは欠伸ができるのだ。信長が気を張っていれば、家臣たちも油断などしない。

舐《な》められているのだ。

信長が。

第六天魔王が。

お笑い草である。

なのに……。

腹立たしいと思わぬ自分に、信長は愕然《がくぜん》とする。家臣たちが評定の席で欠伸をしているなどと言われながら、心がまったく動いてくれない。

昔なら、光秀の襟首を捻《ね》じり上げ、欠伸をしていたのはどこの誰じゃと問い詰めて、当人を呼び付け、罵倒《ばとう》し厳罰に処したはずだ。しかし、そんな気になれない。いまから広間に戻り、当人が来るのを待って叱責《しっせき》するだけの時が惜しい。

一刻も早く……。

信長にはやるべきことがある。

みずから手を伸ばさなければ失ってしまう者が、己を待っているのだ。

もう二度と失ってはならぬ者が。

「なにとぞ恐ろしき魔王たるお姿を取り戻し、一同の前でその威をお示しくだされ」

光秀が執拗《しつよう》に詰め寄ってくる。

聞き遂げなければ殺す……。

それほどの殺気が、信長を見据える光秀の目に宿っている。

明智光秀という男の心根を、一度として見透かしたことがないのではないかと、信長は今更ながらに思う。便利な駒として使っているし、光秀自身もそう使われることを至上の喜びとしている節がある。だから、この常に冷静な男の内側に思いを馳《は》せたことがなかったが、こうして剣呑な気を浴びせられていると、何やら空恐ろしい心地を覚える。信長はあらためて、光秀という男の心根を見極めんと、濃のことを頭から振り払い、光秀を見据えた。

「いかにして」

声に覇気を満たして問う。

信長の気配が変わったことに気付いた光秀の口角が怪しく吊《つ》り上がる。

「わたくしが饗応《きょうおう》役をいたしまする」

「長秀の任を解けというのか」

「左様」

光秀の声に揺るぎはない。己の策に不動の自信があるのであろう。

「わたくしがかならず、殿が魔王であることを皆に知らしめてみせまする」

そのようなことをしてくれずとも良い……。

言葉が喉《のど》の奥で止まる。

魔王。

いまにして思えば、なんと愚かな呼び名であろうか。己らしいといえば己らしい。濃の視線が宿ったいまの信長から言わせれば、己を大きく見せなければ不安な小さき男の強がりが如実に顕《あらわ》れた無様な名だ。

魔王などと呼ばれずとも信長は信長なのだ。どれだけ己を飾り立てようと、実相に敵《かな》いはしない。現にいまの信長が腑《ふ》抜けであるから、家臣たちは評定の場で欠伸をする。けっきょく、信長という男はそれだけの男なのだ。

それで良いではないか。

織田家は己がいなくとも前に進む。

三官のいずれかに就けば、もはや信長は名ばかりのお飾りで良いのだ。信長が魔王などと肩肘《ひじ》を張らずとも、織田家はやっていける。その時になれば、光秀だっていまよりもっと思うままにやれるはずだ。太政大臣、関白、将軍、いずれの直臣であろうと、日ノ本に蟠踞《ばんきょ》するどの大名よりも格上なのである。

焦ることはないと言ってやりたいが、おそらくそれでは光秀の気が済まない。

「わかった。で、わしは何をすればいい」

この時、己に見せた光秀の邪気を孕《はら》んだ笑みを、信長は死ぬまで忘れることができなかった。

光秀との謀議を終え、濃の部屋に辿《たど》り着くと、疲れがどっと押し寄せた。病に伏せる濃の枕元に座る信長は、鉛と化した体を奮い立たせ、匙《さじ》を取る。なかには丹念に煮込まれた粥《かゆ》が入っていた。小さな土鍋《どなべ》から掬《すく》い上げたそれを、目を閉じたままの濃の口許《くちもと》へと持ってゆく。

匙を持たぬ右腕を背に回し、濃の上体を起こしながら、匙を勧める。滑らかに削られた匙の縁が唇に触れると、濃はわずかに開いてみずから粥を迎えた。舌を這《は》わせるようにして、流し込む。だが、うまく喉の奥まで入ってゆかない。

濃はみずからで粥を食べることすらできなくなっている。

「美味《うま》いか」

答えが返ってくることはない。閉じた瞼《まぶた》がぴくりと震えた。返答しようと奮闘した証《あかし》なのかもしれない。

口中の粥が喉の奥へと流れ込んだのをたしかめてから、新しい粥を掬う。

右腕に感じる温《ぬく》もりは、たしかに濃が生きていることを伝えてくれる。が、その反面、ごつごつとした背骨が腕を刺し、あのふくよかだった体から肉が削《そ》げ落ち切ってしまっていることを無情なまでに知らしめてくる。

「生きろ」

心から念じる。

そんなことしかできない己を、信長は心から悔やむ。

もっともっと、やるべきことがあったのではないか。

あと一年。

いや、あと半年早く信長が心を開いていれば、濃はこんなことにならなかったのではないか。そんな思いが常につきまとう。那古野城で出会った日の夜、罵《ののし》り合い、濃に組み伏せられたあの時から、二人は素直になれずにここまで来た。

信長が手を差し伸べてやれていたら、濃は依怙地《いこじ》にならなかっただろう。互いに想い合っていたころもあったのだ。やや子が出来た時には、二人で手を取り合い喜び合ったではないか。

「愚か者じゃ。わしもお主も」

眠るように目を閉じる濃の瞼が、ちいさく揺れる。

憎まれ口は返ってこなかった。

「何たる城。天守を見上げれば倒れそうじゃ。富士《ふじ》の山にも勝るようでござる。ははははは」

真ん丸な腹を震わせ、陽気な笑顔が叫んだ。

背後に徳川の家臣たちを引き連れる家康は、先を行く光秀に誘われるようにして安土城へと続く石段を登って来る。でっぷりと肥えた笑顔が、門の前で待つ信長を見つけた。

「おぉ！　信長殿ぉ」

嬉《うれ》しそうに手を振る姿が、狸染みた愛嬌《あいきょう》に満ち満ちている。どこか憎めないなどという次元ではない。愛嬌の塊である。秀吉も人たらしであるが、家康はそこにいるだけで人の心を解《ほぐ》してしまう不思議な雰囲気を総身にまとっている。ひょこひょこと一生懸命に石段を登る姿まで愛くるしい。

信長は顔をほころばせながら、古き盟友に手を振った。


「美味でござる。拙者は三河の田舎もんだで、どれもこれも身に余る贅沢《ぜいたく》」

広間に並べられた膳《ぜん》の上の皿に箸《はし》を伸ばし、焼き物を口にした家康が、嚙《か》み終えるのと同時に叫んだ。

隣に座る穴山梅雪は、はじめての信長との面会に緊張の面持ちである。甥《おい》である主君、勝頼を裏切り、織田家に靡《なび》いたことを引け目に感じているのか、挨拶《あいさつ》の他に一語も発していない。

そんな甲斐の裏切り者のことなど意に介さずに、家康が鯛《たい》の刺身に箸を伸ばす。

盟友の動きを見計らい、信長は脇に控える光秀を睨《にら》んだ。

「……十兵衛、魚が臭う」

信長の言葉を聞いた家康が箸を中空で止めた。二本の箸の先で透けた白身が揺れている。

「ほうでしょうか？」

不審を満面に宿し、家康が首を傾げる。狸に目をやることなく、声だけを投げた。

「おやめなされ徳川殿、当たったらば取り返しがつかぬ」

主《あるじ》の言葉を聞いた光秀が、滑るようにして上座へと躍り出て額を床に叩《たた》きつけた。

「ご無礼をつかまつりました！」

光秀が叫ぶと同時に立ち上がる。

手筈《てはず》通りの動きであった。

「無礼ですむか！」

怒鳴りながら、額を床につけたままの光秀の肩口を蹴《け》り上げる。下から無理矢理仰《の》け反《ぞ》らされた光秀の顔に、振り上げた足を突き出した。

強烈な一撃を受けて光秀が家康の膳の方まで吹き飛ぶ。

「徳川殿にあるまじき粗相をしおったな十兵衛っ！」

光秀を追いながら、懐刀を鞘《さや》ごと引き抜く。

「たわけが！　なんという不始末！」

家康が見ている目の前で、鞘で光秀を打つ。この狂言を仕組んだ張本人は、謝りの言葉すら言うことができず、ただひたすら主に打たれ続ける。

光秀の思惑通り、家康をはじめとした男たちが、息を呑《の》んで信長を見守っている。この場で最上の立場にある者の突然の激昂《げっこう》を、どうして良いのかわからぬといった様子で、腰を浮かすことすらできずにいた。

光秀から饗応役を取り上げられた長秀の顔が、家臣たちのなかに見える。己から役目を奪った男の失態を喜ぶでもなく、ただただ呆然《ぼうぜん》と信長のやりようを眺めていた。

「この場をなんと心得るっ！　わしの顔に泥を塗りおって！」

光秀の懐から扇が零《こぼ》れ落ちた。

信長が与えた扇である。あれは、いつのことだったかと思い出すが、忘れてしまった。光秀は、それほど多くの功を挙げ、信長は数え切れぬほどの褒美を与えている。

懐刀を腰に戻し、扇を手に取った。

「何様のつもりだっ！　二度とこの場に立てんようにしてくれるわっ！」

顔を上げた光秀の額に扇を振り下ろした。折れたのではないかと思うほどの手応《てごた》えに、信長自身、驚く。

本当に怒っているわけではない。頭は醒《さ》めきっている。だから、光秀を打擲《ちょうちゃく》している最中でありながら、己を冷静に見極められていた。

ふたたび伏した光秀の額からこぼれた血が床を濡《ぬ》らす。先刻の一撃のせいであることは間違いない。

いったい己は何をしているのか……。

饗応《きょうおう》の不始末をした家臣に激昂し、必要以上に打擲している。そんなことをしなければ、家臣たちに示しがつかない。そう光秀は言った。

そんな主ならば、舐《な》められて当然ではないか。

怒りにまかせて家臣を打ち据え、見ている者たちを恐れさせる。やはり信長には逆らえぬ。主の前で欠伸《あくび》などしてはならぬ。

こんなことで震え上がり、気を引き締めるような家臣ならば、いなくともどうということはない。

愚か愚か愚か……。

こんなことを思いついた光秀も、止められぬ家臣たちも。

言われるままに光秀を打っている己も。

不意に。

涙が零れた。

悟られてはならぬと顔を振って涙を飛ばし、光秀にむかって扇を投げ捨てた。そのまま誰にも言葉をかけず、逃げ出すように広間を飛び出す。

耐えられぬ……。

何もかもを信長は諦《あきら》めていた。


西に没する陽を受け、水面が紅に染まっていた。

天守の最上階に立ち、信長は一人、城下を眺める。

気配。

肩越しに見る。

光秀だ。

「……すまぬ、うまくやれなんだ」

湖に目を戻しながら信長は言った。

「みな震え上がっておりました。充分でござりまする」

震える声が返って来た。

己の心を騙《だま》すように、光秀の言葉は震えている。

失望を隠せぬ家臣にかける言葉を、信長はもう持ってはいなかった。

十五

寝ていると、ここが何処なのかなんて関係ない……。

飽きるほど見慣れた天井を見つめながら、濃はそんなことを考えていた。

ここは美濃の庵《いおり》？　尾張の那古野城？　岐阜の城？

それとも、名も知らぬ異国の街の宿の一室……。

思えば何処にでもなる。濃の心が定める場所へ、自由自在に飛んでゆける。

死んで魂になったら、思うままに空を飛んで、行きたいところへ行けるのだろうか？

もし、そうならば死ぬのも悪くないと思う。こうして日がな一日、天井を見つめているくらいなら、いっそ死んで体から解き放たれたいと思わぬこともない。

でも……。

そこまで考えて、濃は胸が締め付けられる想いに立ち止まる。

死ねば、この人に会えなくなる。

頭の重さに身を委《ゆだ》ねるようにして、枕の上で顔を回すと、夫が不思議な楽器を手にして座っていた。法師が弾く琵琶《びわ》のようでもあるが、丸い胴から伸びた鶴首が中程から折れている。どこかで見た気もするが、はっきりと思い出せない。

「これを覚えているか？　いつぞや京で見た南蛮の楽器じゃ。南蛮人から召し上げた」

夫の言葉で思い出した。

濃がはじめて京へ行った時のことである。秀吉を置き去りにして二人で宿所を抜け出し町を見物した時、南蛮人の一団が踊っているところに遭遇して、濃は彼等とともに踊った。その時、音楽を奏でていた者のなかに、たしかに夫がいま手にしている楽器を持っていた者がいた。

夫が琵琶のように胡坐《あぐら》の足の間に楽器を置き、鶴首を左手でつかんで、右の指で弦を弾《はじ》く。琵琶よりも高い涼しげな音が、弦から放たれる。幾本かの弦を夫が乱雑に弾いてみるが、もちろん旋律を奏でることはない。煩雑な音の群れではあったが、楽器自体が持っている涼しい音色が、濃には心地良かった。

撥《ばち》はいらぬのかと問いたかったが、声が思うように出ない。琵琶は撥を持って音を奏でる。だから、この楽器にも撥がいるのではないかと思った。だが、南蛮人が昔、この楽器を弾いていた姿を思い出してみると、夫のように指で弾いていたようにも思う。

夫は、濃よりもしっかりと、あの時のことを覚えているのだろう。だから、撥など持たずに弾いてみせたのだ。

弦から指を外して、夫が照れ臭そうに笑う。

「むつかしいものじゃのう。きっとお主のほうがうまかろう、お主は何でもすぐに会得するによってのう」

負けず嫌いだからじゃ……。

おまい様もわらわも……。

言葉が声になってくれない。

女だからと馬鹿にされたくないから、夫に負けぬように濃はなんでも背伸びをした。狩りも戦の策を練るのも。はじめての夜、夫を組み伏せたのだって、舐められてたまるかと思ったからだ。

夫の後ろに立ってか弱く笑う。そんな女になりたくなかった。

なのに……。

隣に立てぬ己がもどかしい。弱ってしまった体が厭《いと》わしい。

楽器を横に置いた夫の体が黒く染まっていた。目を凝らして霞《かす》んだ視界をわずかに明瞭《めいりょう》にさせると、それが鎧《よろい》であることがわかった。

夫は鎧に身を包んでいる。

この部屋を訪れる時に夫が鎧を着込んでいることなど、安土に来てから一度もなかった。

「どちらへ……」

掠《かす》れた声でなんとかそれだけ問えた。それでも、腹にずいぶん力を込めなければならなくて、濃は大きく息を吸った。

「京へ発《た》つ。四国攻めが手詰まりでな。わしが行かねばならぬ」

もはや、ともに策を考えることすら叶《かな》わぬほど、心身が弱り果てていた。不思議なもので、体が思うようにならぬようになり床に寝ていると、次第に頭の方も鈍くなっていくようだった。起きている間は常になにごとかをぼんやりと考えてはいるのだが、昔のように感情が昂《たか》ぶることがないから、思考がまとまらない。心という川を言葉の群れが右から左へと流れてゆくのを、川縁《かわべり》に立って眺めているような心地であった。そんな頭では、夫の助けなどできようはずもない。

体は言うことを聞かず、頭も冴《さ》えない。そんな濃を、夫が構う理由はないのだ。なんの益もない。

「ともに行くか？　本能寺《ほんのうじ》に逗留《とうりゅう》して、茶会も開くぞ」

息が詰まる。

泣きそうになるのを堪《こら》えるために、濃は顔に力を込めて笑ってみせた。

使い物にならぬようになった己を、夫は必要としてくれている。ともに京に行くかという言葉は本心だった。そんなことが叶わぬ体であることを、夫は重々承知している。それでもなお、濃が行くと言ったならば、家臣たちを使って、無理を押してでも連れて行こうとするだろう。

足手まといにしかならない濃を、夫は京に連れて行くはずだ。

何故にこれほど、夫は己を必要としてくれているのか？

あんなに言い争ったのに。

あんなに憎みあったのに。

いや……。

少なくとも濃は夫を憎んだことはない。

わらわは京へなど行かぬ……。

強がりたいが、言葉にならないから、首を振って答えた。怒るのも無理があるから、笑みを浮かべながら振った。

夫が口許《くちもと》を緩めてうなずく。それから真っ直ぐに濃を見下ろした。その目には、真剣な光が宿っている。

「……すぐに帰る」

夫は心配している。己がいない間に、濃の命が尽きるのではないかと。

そうはならぬ……。と、約束できるだけの自信が、濃にはなかった。

夫は戦に行く。

どれだけの日数待てばよいのかわからない。そんななかで、軽はずみに死なぬなどと言えるほど命は残されていない。

己の体は己が一番わかっている。いまこの時、死んでもおかしくない。

病はそれほど濃を蝕《むしば》んでいる。

「もし……」

うつむきながら夫が笑う。

「この戦がうまく片付けば、わしはもう……。それで終わりにする……。わしの戦は、終《しま》いじゃ」

夫の戦……。

それは濃の戦でもあった。父から受け継いだ夢を、濃は夫の背に負わせた。夫はその夢を担いだまま、戦い続けた。血の川を渡り、屍《しかばね》の山を越え、多くの敵を斬り捨てて、修羅の魔道に踏み込ませたのは、濃なのだ。

二人の戦が終わる。

終い。

これほど素直に受け入れられるとは思わなかった。

阿呆《あほう》抜かすな、まだまだ日ノ本は治まっとらん……。

そうやって夫を焚《た》き付けるような女は、どれだけ探してもいまの濃のなかには微塵《みじん》も見つからなかった。

お疲れさまでした……。

己に過ぎた夫。

心からそう思う。

「帰ってきたらば、二人で南蛮船に乗って、異国へ行こうぞ……」

泣くのを堪える夫が、言葉を呑《の》んだ。そのまま目を閉じて、鼻から深く息を吸った。

それからまた、潤んだ目を濃にむけて笑う。

「われらのことを誰《たれ》も知らぬ地で……。名も……。家も捨て……」

もう言葉を繋《つな》ぐことすらできぬといった様子で、夫が顔を伏せて口籠《ごも》った。泣くのを堪えているのか、荒い息遣いのまま顔を伏せて肩を震わせている。

濃は天井を見上げながら、夫が落ち着くのを待った。

静かな時が二人の間を流れてゆく。

思えば……。

顔を突き合わせると、激しい言葉を交わし合ってばかりだった。己のほうが勝っている、わらわのほうが勝ちだと、己のことを誇るようにして、声高に叫んでいた。

こうして静かに時を送ることなど、いままでなかったような気がする。

濃は口をつぐんだまま、夫の震えを身近に感じながら、初夏の夕陽の赤を映す天井を眺めていた。

ともに異国へ……。

いまの夫とならうまくやれそうだと、濃は思う。己ももはや、昔のように強くはない。夫に勝とうなどと思いもしない。

「だから早《はよ》う病を治せ」

堪えきった夫が、努めて声を明るくしながら言った。

濃は手を伸ばす。

いつもの場所にそれはあるはずだった。

指先が、目当ての物に触れる。

硬いそれをつかもうとすると、気づいた夫が先に手に取った。

掌中の三本足の蛙を夫が見つめている。

京見物の折に夫が買ってくれたものだ。

覚えてくれているだろうか。

いや。

南蛮の楽器の弾き方を覚えていた夫である。きっと覚えてくれている。

濃は腹に力を込めた。

「……必ず……帰って……きんさるよう……まじないじゃ」

言えた。

これほど長い言葉を言ったのは、いつぶりかと思う。苦しいのを夫に気取られぬよう、濃は鼻から静かに息を吸い込んだ。

「……蛙の御幣担ぎか。まじないなど必要ない。帰ってくるに決まっておろう」

蛙をつかむ夫の手に、濃はみずからの掌《てのひら》を重ねた。

力の限り、夫の手を握りしめる。夫が蛙を握りしめてくれるように願いながら。

「……わらわは、おまい様のもとに……帰ってこれた」

この蛙のおかげだと、濃は半ば本気で思っている。夫がこの蛙を買ってくれた日、二人ははじめて結ばれた。

二人の縁は、この蛙が繋いでくれたのだ。

だからきっと……。

かならず夫は、この蛙とともに帰って来る。

濃が潰《つい》える前に。

掌中の蛙を握りしめ、夫がうなずいた。そして、何も持たぬ方の手に南蛮の楽器を持ち、あらためて枕元に置いた。

「ならばお主は、これを弾かれるようになっておけ。帰ってきたらば南蛮の楽《がく》を聞かせよ。……よいな」

約束。

死ねぬ……。

夫のために。

濃は思った。

十六

まったく以《もっ》て……。

あの男には失望させられた。

「それがし惚《ほ》れぬいた狂気の殿は、もうござらぬ」

居並ぶ兵たちを見すえてつぶやく。

漆黒の鎧《よろい》に身を包む軍勢の背後に広がる塀のむこうには、かつての主《あるじ》が眠っていた。

もう未練などない。

すでに見切っている。どれだけ焚き付けようと、あの男は二度と立ち上がることはない。身を焦がすほどに憧《あこが》れ、求め、魅《ひ》かれた魔王は、あの男の心のなかでとっくの昔に死んだのだ。

東の空がうっすらと明るくなっている。そろそろ塀のむこうの者たちも起き出すころだ。

近国に敵はなく、刃向ってくる者など皆無。誰も襲って来ないと高を括《くく》っている。そう信じ切っているからこそ、三十ほどの人数しか連れずに上洛《じょうらく》できるのだ。

「あの男は、もはや魔王にあらず。ただの人なり……。ただの人に世は統べられぬ」

統べられぬのなら……。

殺すしかない。

軍勢にむかって采配《さいはい》を振り下ろす。それを合図に、兵たちが喊声《かんせい》とともに動き出す。

「殿、あとはお任せを」

闇のなかで光秀は、塀のむこうで眠っているであろうかつての主に別れを告げた。

＊

聞こえた……。

思った時には信長は目を開いていた。

褥《しとね》に横になったまま、耳を澄ます。障子戸のむこうからかすかな光が漏れてくる。

じきに朝が来る刻限であった。

数え切れぬほどの悪意がくぐもっている。そんな嫌な気配が部屋の外に漂っていた。

身を起こそうと腹に力を込めた時、無数の銃声が一斉に轟《とどろ》いた。もはや、悠長に構えてなどいられなかった。褥から飛び起きて、畳の上に立つ。床の間にかけてあった刀を手に取り、寝間着のまま障子戸の方へと歩もうとすると、勢い良く戸が外から開いた。

森蘭丸が部屋へと入って来る。さすがに身支度だけは整えていた。小袖《こそで》の上に肩衣《かたぎぬ》を着け片膝《かたひざ》立ちになり、信長の前に平伏する。

「敵襲にござりまする！」

報せを受けずとも、塀の外の喊声を聞けば軍勢が来襲してきたのはわかる。動転を隠せない蘭丸を見下ろしながら、信長は端的に問う。

「敵とは？」

「それが……」

蘭丸が口籠った。

苛立《いらだ》つ。

はっきりと言えぬということは、予期せぬ敵が到来したということである。だからといって、逡巡《しゅんじゅん》している暇《いとま》などない。急《せ》かす言葉を投げようとした刹那《せつな》、寵愛《ちょうあい》する小姓が意を決したように口を開いた。

「明智殿の軍勢と見受けまする！」

一瞬、蘭丸が何を言っているのかわからなかった。明智という名の敵が、信長の頭のなかに見つからなかったのである。

「明智……。明智か」

己でつぶやいて、やっと、それが光秀のことであることがわかった。

光秀が裏切ったと蘭丸は言っているのだ。

信長の脳裏に、過日の饗応《きょうおう》が終わった後の光秀の顔がよみがえる。主に対する失望に満ちた瞳《ひとみ》が、やけに頭に残った。あの時、たしかに信長は光秀に不穏な物を感じていた。だが、それだけの理由で遠ざけるわけにもいかない。第一、信長は遠ざけようとも思わなかった。失望されても仕方のない主なのだ。戦うことに疲れ、家臣の前で威厳を保つことすらできない。そんな主を光秀は見限ったのだ。

「こちらへ！」

蘭丸が叫びながら信長を外へと誘う。

小姓とともに駆け出そうと、足を前に踏み出す。

蛙が啼《な》いた……。

振り向くと、褥の脇に置かれた三本足の蛙が信長を見つめていた。

「待て」

蘭丸を待たせ、蛙を拾い上げる。

必ず戻る……。

濃との約束を思い出す。

「こんなところで終わりはせぬ」

つぶやきながら蛙を懐に忍ばせ、信長は戦の只中《ただなか》へと踏み出した。

*

目が……。

覚めた。

払暁の薄闇のなかで、濃は深く息を吸う。薄藍色《あいいろ》に染まった天井は、相も変わらぬ素っ気なさで濃を夜露から守ってくれている。

まだ……。

生きている。

目覚める度、息をする度、濃は己の生を実感する。己が生きて目覚めたとなると、今度はその理由が気になりはじめた。病になってからというもの、たしかに昼も夜もなく寝起きしている。常に褥に横になっているから、昼目を閉じてそのまま寝てしまうこともあれば、真夜中に突然目を覚まして数刻、眠れぬこともある。だから、夜明けの時分に目覚めたことは何もおかしいことはない。

目覚め方が気になった。

常に平静な鼓動が一度、とくんと大きく鳴ったような気がするのである。その激しい鼓動が、濃を眠りから覚ましたのだ。

こんなにわかりやすい目覚めは、病になってから一度としてなかった。

何かに呼ばれた気がする。

濃は褥のなかで己の胸に手をやった。

呼ばれたとすれば……。

顔を横にむける。

夫が残していった南蛮の楽器が横たわっていた。リュートという名だと、夫は教えてくれた。

震える腕で褥を突いて、力を込める。背筋のあたりに気を張って、少しずつ体を起こしてゆく。それだけで、体が散り散りになりそうだった。

肘《ひじ》で這《は》い、リュートにむかって進む。

「おまい様」

リュートに手を伸ばした。

＊

炎が寺を包む。

「どけっ！　邪魔をするな！」

業火のなかを信長は進む。

三十人あまりの小姓衆では、さすがに敵を阻みきれない。すでに寺のなかは敵で埋め尽くされていた。

戦に関係ない女と坊主たちは、寺に火を放つよう命じた時に逃がしている。残っているのは、信長と小姓衆、そして敵だけだ。

目の前を漆黒の甲冑《かっちゅう》を着けた明智の兵が塞《ふさ》ぐ。手には太刀を握っている。屋内では槍《やり》など振り回していては邪魔になる。取り廻《まわ》しの利く太刀でなければ、物の役に立たない。

信長の得物《えもの》も太刀である。同じ得物であれば、有利不利はない。

「おぉぉぉっ！」

悲鳴じみた雄叫《おたけ》びを上げながら、敵が襲い掛かってくる。目の前にいるのは、主《あるじ》が求める大将首なのだ。緊張しないというほうがおかしい。

乱暴に振り上げた敵の太刀の切っ先が、天井にぶつかる。手柄を焦った末の、無謀な動きであった。

信長はしっかりと敵を見据えている。天井に切っ先が当たったその一瞬の隙を見逃さず、露《あら》わになっている喉《のど》へと太刀を突き入れる。血飛沫《ちしぶき》を上げて倒れる敵をそのままに、先に進む。背後を守る蘭丸の方から敵の悲鳴が聞こえた。後ろから襲ってくる敵を、蘭丸が仕留めたのである。蘭丸は勇猛で鳴らした森可成の息子だ。身形《みなり》の秀麗さが蘭丸の実相を見誤らせるが、この男の本質は武である。

道は信長が切り開き、背後は蘭丸が守りながら進んでゆく。すでに何人仕留めたか、わからない。相手は鎧《よろい》を着込み、こちらは寝間着。それでも信長は傷ひとつ負ってはいない。

寡兵を攻める大軍には慢心がある。よもや自分たちが敗《ま》ける訳がない。そんな戦で死にたいと思う者はいない。勝利の美酒が待っているのに、己だけが冥府《めいふ》の獄卒の元へ送られるなど誰だって嫌だろう。

寡兵には恐れはない。手をこまねいていれば、死はおのずと訪れる。抗《あらが》わなければ生きる道はないのだ。

死を恐れる者と、生きるために死地に飛び込む者。果たしていずれが強者たりうるか。

信長は桶狭間の地で、その答えをみずからの身をもって見出《みいだ》している。

死とともに大軍へ向かって行くことが、死地を脱するただ一つの方策なのだ。

また一人、敵が断末魔の声とともに床に伏した。

久方振りに手足の指先にまで気が満ちているような心地がして、信長の口角が自然と吊《つ》り上がってゆく。炎に顔を焼かれながら、熱を帯びた刃を振るい、敵を屠《ほふ》り続ける。

いまの己を光秀はどう思うだろうか。

第六天の魔王。

死地が信長を呼び覚ましてゆく。

敗けられない。こんなところで終わるわけにはいかない。信長にはやるべきことがあるのだ。

濃。

今度の戦が終われば、信長はただの男になる。ただの男として、濃とともに生きるのだ。濃と生きるため、死ぬわけにはいかない。

また一人、敵が脇を突かれて絶命する。

とにかく道を切り開き、死地を脱する機を見付けるのだ。道は必ずある。機は必ず訪れる。その一瞬さえ見逃さなければ、逃れられる術《すべ》はあるのだ。

安土へ戻る。

それだけ。

「！」

急に背中が熱くなった。

足から力が消え失《う》せ、膝《ひざ》をつく。しかし、その次の刹那《せつな》には腹に気を込め立ち上がった。一瞬の隙が、命取りになるのだ。背中を斬られたくらいで立ち止まるわけにはいかない。

「殿っ！」

蘭丸が叫びながら、信長の背後に迫っている敵に立ち塞がった。

「お、お逃げ下され……」

敵の刀を腹に受けたまま、蘭丸が逝った。

だが。

寵臣《ちょうしん》の死を悼んでいるような暇はない。信長は蘭丸に背をむけ歩き出す。

背後を守る者を失い、それでも進む。敵に囲まれ、体に迫る刃《やいば》が格段に増えた。敵を屠ってはいるが、こちらも手傷を受けている。痛みは無いが、かなりの血が失われているのは間違いない。

視界が朦朧《もうろう》とする。

「わしは……。帰らねばならんのじゃ」

太刀を引き摺《ず》りながら、信長は炎の回廊を歩み続けた。

＊

なんとかリュートを手に出来た。

夫が残していったそれを胸に抱くようにして持ち、濃は壁にもたれかかって、ひと息ついた。

鼓動は早鐘を打っている。もしかしたらと思わぬでもない。

過日、夫がしてくれたようにリュートを持つ。

〝むつかしいものじゃのう。きっとお主のほうがうまかろう、お主は何でもすぐに会得するによってのう〟

そう言って笑った夫の顔を思い出す。

わらわのほうがうまい……。

今度会う時に自慢してやりたい。

指で弦を弾《はじ》く。

音が鳴っているのか、濃にはわからなかった。

＊

本能寺の本堂のなかでも最奥に位置する部屋まで辿《たど》り着いた。四方を炎が包みこんでいる。敵の姿はどこにもなかった。

部屋の中央に座り込んだ。もう立ち上がる気力もない。

どうやら血が残っていないらしく、目に映る物に色はなく、耳も遠くなっていた。息をしている音だけが、やけにはっきり響いている。

死……。

その一語が脳裏にくっきりと浮かぶ。

「是非に及ばず」

力を込めて握ったままだったから、指が柄《つか》に喰《く》いついて離れなくなっている太刀の切っ先を、腹へと持って行く。衣のあたりまで切っ先を進めると、硬い物が行く手を阻んだ。

「ん」

左手で柄を握る指を伸ばして、太刀を置いてから、信長は懐のなかを探った。

「……」

蛙が指の間から信長を見ていた。

*

指が何度も弦を撫《な》でる。
やはり音は聞こえない。
これでは夫より上手《うま》いかどうかわからないではないか。
そんなことを思いながら、濃は懸命にリュートを爪弾く。
弦が揺れる。
何度も何度も。
次第に間隔が遠くなってゆく。
濃は。
目を閉じた。
弦も。
鳴くのを止めた。

何故にそんな恨めしそうな目でわしを見るのじゃ……。

＊

信長は掌中の蛙に問う。

答えぬ蛙は、信長の手を嫌うように床板へと転がり落ちた。

「な」

我が目を疑う信長の前で、三本足の蛙が二、三度、己の足で跳ねたかと思うと、ころころと床を転がり、頭を下にして止まった。霞《かすみ》がかった眼で蛙を睨《にら》む。金物でできた頭が少しだけ床にめり込んでいるように見えた。

床を這《は》い、蛙の元へ向かう。頭がめり込んでいるように見えていたのは、床板が斜めに傾いていたからだった。隙間に手を入れて、板を引き上げてみる。

「よもや」

床下に人が一人通れるほどの穴が開いている。幾度も宿所として使っている信長すら知らぬ抜け道が、本能寺の床下に掘られていた。

迷わず滑り込む。

斜めに下ってゆく穴を、無心で駆ける。追手に気付かれる前に、抜けてしまわなければ、逃げ出した意味はない。

死ねぬ死ねぬ死ねぬ……。

土を削っただけの荒々しい壁に両手で触れながら、明かりのない穴を進む。

不思議と息は辛《つら》くなかった。あれほど斬られていた体も軽い。生への希望が見えたことで、総身に精気が蘇《よみがえ》ってきたのだろうか。とにかく信長は、ただひたすらに闇のなかをひた走る。

闇を抜けた。

すっかり陽は東の空で輝いている。

炎に焼かれる本能寺を軍勢が囲んでいた。どうやら光秀たちの背後に出たらしい。寺の裏手の雑木林のなかである。

明智勢の大将格の替えの馬であろうか、鞍《くら》に羽織をかけたまま、木に繋《つな》がれていた。幸い、見張りの者はいない。まさか、こんなところに敵が現れるなど思ってもいないのであろう。よもやそれが信長であるなど、光秀であろうと思うはずがない。

なりふり構ってなどいられなかった。信長は羽織をまとい、鞍にまたがり馬の腹を蹴《け》った。

安土へ……。

その一念で馬を走らせる。

なんと愚かな手下たちであろうか。

怒りを隠せぬ瞳《ひとみ》で、光秀は馬上から家臣たちを見下ろす。

「おらぬはずなかろうが！　探せ！　身共が天下を獲《と》るためには、きゃつの首がなくてはならぬのじゃ！　見つけ出せ！」

どれだけ探しても信長が見つからない。炎のなかを逃げられ見失い、もはやどうにも手が付けられないという。見つけるためには、決死の覚悟で炎のなかに突入しなければならず、よしんば見つけたとしても、首を持って戻ってこられるか怪しいと、兵どもは弱音を吐く。

なんのために兵を挙げたと思っているのか……。

見境なく怒鳴りつけてやりたかった。

天下など本心ではどうでも良い。あの魔王の首を見なければ、光秀の心に平穏は訪れないのだ。人であると見限った。それは間違いない。光秀はかつて魔王であった男が人に成り下がったと見極めた。それ故、謀反の兵を挙げたのである。

だが。

＊

心のどこかで、まだ信長が魔王であることを信じている。人が手を下そうと、魔王は死なない。

首を……。

信長の首をこの目で見るまでは、光秀の謀反は終わらない。

「なんとしても見つけ出せ！　良いな！　わかったらさっさと行けっ！」

悲鳴じみた声で兵どもを叱咤《しった》する。

「信長……」

本能寺を焼く炎を見据え、光秀は魔王の名を呼んだ。

＊

どれほど走っただろうか。

陽はとっくの昔に東の空に上がっている。

信長の目が安土の城を捉《とら》えた。

あそこに濃がいる。

ただひたすらに馬を走らせた。

濃……。

待っておれ。

逸《はや》る気持ちを抑えきれず、信長は馬に鞭《むち》を入れた。

＊

今朝は不思議と体が軽やかだった。

どうやらリュートを抱えて眠っていたらしい。濃は壁にもたれかかったまま、朝靄《あさもや》のなか目覚めた。

それからずっとリュートを爪弾いている。

聞こえなかった耳が、涼やかな音色を捉えていた。我ながら、なかなかの上達ぶりだと思い、濃は自然と口許《くちもと》をほころばせる。

何か良い予感がする。

弦を弾《はじ》く指に気がみなぎり、障子戸から漏れてくる眩《まぶ》しい朝日を受ける瞳は、光に満ち満ちていた。

十も二十も若返ったような気がする。

足音が聞こえた。

部屋へと近づいて来る。

胸が高鳴る。それでも弦を弾くことは止めない。

襖《ふすま》が開いた。

夫が。

立っていた。

＊

見事な旋律を奏でるリュートの音色に導かれながら廊下を進む。

己との約束を守ってくれた濃との再会に、信長は心を躍らせる。

やることはひとつ。

濃もわかっているはずだ。

襖を開く。リュートの音が止んだ。笑っている。心から嬉《うれ》しそうに。

信長は濃の手を取って立ち上がらせた。あれほど辛《つら》そうだった体を軽やかにひるがえらせて隣に並ぶ。

二人して走り出した。

誰にも告げずに城を去る。話さずとも濃はわかってくれている。廊下を駆ける信長を信じ、手を取り進む。

馬場から愛馬を取り出し、鞍も着けずに飛び乗った。手を伸ばすと、濃が取って軽やかに後ろにまたがる。

開かれた城門を抜け、山を下った。

止める者はいない。

信長は名を捨てた。

*

船上は南蛮人でごった返している。

目にする物すべてが、濃には刺激的だった。

出航の準備に追われる男たちは、日ノ本の者とは比べものにならぬたくましい体を曝《さら》け出し、汗にまみれて駆けまわっている。耳にする異国の言葉は耳慣れず、覚えられるかどうか不安になる。諸肌《もろはだ》脱いで働く水夫たちとは違い、きらびやかな異国の装束を着けた商人たちが、甲板に積まれた木箱を睨《にら》みながらなにやら語り合っている。

水夫たちが喚声を上げた。

帆が風を孕《はら》み、巨大な船が少しずつ陸を離れてゆく。

もう後には戻れない。

濃は。

日ノ本の民であることを捨てた。

*

どちらを向いても紺碧《こんぺき》の海原であった。

信長は濃とともに舳先《へさき》から身を乗り出している。風のなかを水鳥が飛んでゆく。羽を休める島はない。

いったいどこまで飛んでゆくのだろうかと濃が問う。

答える術《すべ》を信長は知らない。だが、あの水鳥と己は同じだと思う。信長と濃はもはや何物にもつながれない。広がる海原を、命が尽きるまで進んで行ける。止める者はどこにもいなかった。

信長は一人の男。

濃は一人の女。

心を躍らせる音色が聞こえて来る。

南蛮人たちが甲板で謡っていた。楽器をかき鳴らし、異国の酒を吞《の》み、輪になって踊っている。

舳先に背をむけ、手を伸ばす。嬉しそうに濃がそれを取り、二人して輪に飛び込んだ。

都を見物したころのことを思い出す。

信長は南蛮人からリュートを捥《も》ぎ取った。濃が天を見上げて楽しそうに笑う。

一心不乱に弦をかき鳴らす。巧拙など関係ない。心のままに爪弾く。

信長の前で濃が異国の衣を振り乱しながら踊っている。軽やかな音色に身をまかせながら、心のままに舞っている。

やっと辿《たど》り着いた……。

信長の求めていたすべてが、目の前で笑っていた。

＊

嵐のなかでは客も水夫も関係なかった。必死になって水を掻き出す男たちに紛れて、濃も桶《おけ》を手に働く。むこうでは夫が水夫たちと言葉を交わしながら縄を手繰っている。異国の言葉にも慣れてきた。南蛮に着くころには、濃も夫も異国人に遜色《そんしょく》のない言葉遣いになっているだろう。

天から地へ、地から天へとめまぐるしく上下する船に、放りだされまいと必死につかまりながら、生きるために水を掻き出す。

生きている……。

心の底から実感する。

嵐が去り、船倉の片隅で夫と並んで眠る。夜通し働き詰めであったから、二人して横になるとすぐに夫は寝息を立てはじめた。健《すこ》やかな息に身を委《ゆだ》ねながら、濃も眠りに落ちて行く。

どれほど寝たのか……。

水夫の大声が濃の眠りを破った。

二人して跳び起きて甲板へとむかう。

ゆるやかな丸みを帯びた水面の先に、丘が見える。

着いた着いたと夫が隣で大騒ぎしていた。

南蛮に……。

濃は膨らみだした腹に手をやった。その甲を温《ぬく》もりが包む。

夫の手が濃の掌《てのひら》を包むようにして、新たな命に触れた。

ここから始まる。

なにもかも……。

＊

「おはようございます」

いつものように女中頭のすみが、うかがいの声とともに部屋へと入って来た。

今朝の天気だの、昨晩犬が吠《ほ》えてうるさかっただの、他愛もない話をしながら朝餉《あさげ》の支度に取り掛かっている。

「？」

リュートを抱えたまま、濃は壁にもたれている。

恐る恐るといった様子で、すみが頬に触れた。

何事か悟った女中頭は、血相を変えて部屋を飛び出した。

濃は。

笑っていた。

＊

「……」

掌を見ていた。

いつからそうしていたのか、信長にはわからない。ずいぶん眠っていたようだが、どれほどの時が経ったのだろうか。

蛙……。

掌から目を逸《そ》らし、床を見る。先刻までそこに転がっていたはずの蛙がどこにもなかった。傾いていた床板も、隙間なく並んでいて、炎がすぐそこまで迫っている。

どうやら夢を見ていたらしい。

やけにはっきりとした夢だった。

濃とともに異国へと旅立つ夢を見た。ただの男として。

まさか、最期の最期にあれほど幸福な光景を見られるとは信長自身、思っていなかった。第六天魔王として、非道の限りを尽くしてきた男には、過ぎた幻であった。

濃はどうしているだろうかと、炎を見遣《みや》りながら思う。

病は癒えただろうか。もし叶《かな》うことなら、本来信長に残されていたであろう命数を、妻に与えて欲しいと切に願う。一日でも己より長く、濃には生きていてほしかった。

もしも……。

神や仏が信長の末期の願いを叶えてくれるなら、一刻も早く死に行くことが妻への罪滅ぼしとなるはずだ。

信長は太刀に手をやった。血と煤《すす》に汚れた寝間着の裾《すそ》に、炎が燃え移っている。肌を焼かれているようなのだが、まったく熱さを感じない。死にゆく体は、もはや信長に苦痛を訴えることすら諦《あきら》めたらしい。

力の入らぬ手で柄《つか》を握りしめ、首筋へ刃を当てる。

「ずっと……」

目を閉じる。

瞼《まぶた》の奥に愛《いと》しい笑顔が浮かぶ。

「好いておった」

柄を握る手に力を入れた。首から命の源がほとばしる。

太刀を抱くようにして倒れた。

信長は愛しい笑顔にむかって飛んだ。

骸《むくろ》を炎が包む。

火の粉の群れが信長に寄り添うように舞った。紅の蝶《ちょう》とともに、信長はまだ見ぬ海原へと旅立った。

本書は、映画『THE LEGEND & BUTTERFLY』の
脚本をもとに書き下ろしたノベライズです。

THE LEGEND《レジエンド》 &《アンド》 BUTTERFLY《バタフライ》

ノベライズ／矢《や》野《の》 隆《たかし》
映画脚本／古《こ》沢《さわ》良《りよう》太《た》

令和4年 12月25日 初版発行

発行者●山下直久

発行●株式会社KADOKAWA
〒102-8177 東京都千代田区富士見2-13-3
電話 0570-002-301（ナビダイヤル）

角川文庫 23465

印刷所●株式会社暁印刷
製本所●本間製本株式会社

表紙画●和田三造

ISBN 978-4-04-113210-4 C0193

◇◇◇

角川文庫発刊に際して

角川源義

第二次世界大戦の敗北は、軍事力の敗北であった以上に、私たちの若い文化力の敗退であった。私たちの文化が戦争に対して如何に無力であり、単なるあだ花に過ぎなかったかを、私たちは身を以て体験し痛感した。西洋近代文化の摂取にとって、明治以後八十年の歳月は決して短かすぎたとは言えない。にもかかわらず、近代文化の伝統を確立し、自由な批判と柔軟な良識に富む文化層として自らを形成することに私たちは失敗して来た。そしてこれは、各層への文化の普及滲透を任務とする出版人の責任でもあった。

一九四五年以来、私たちは再び振出しに戻り、第一歩から踏み出すことを余儀なくされた。これは大きな不幸ではあるが、反面、これまでの混沌・未熟・歪曲の中にあった我が国の文化に秩序と確たる基礎を齎らすためには絶好の機会でもある。角川書店は、このような祖国の文化的危機にあたり、微力をも顧みず再建の礎石たるべき抱負と決意とをもって出発したが、ここに創立以来の念願を果すべく角川文庫を発刊する。これまで刊行されたあらゆる全集叢書文庫類の長所と短所とを検討し、古今東西の不朽の典籍を、良心的編集のもとに、廉価に、そして書架にふさわしい美本として、多くのひとびとに提供しようとする。しかし私たちは徒らに百科全書的な知識のジレッタントを作ることを目的とせず、あくまで祖国の文化に秩序と再建への道を示し、この文庫を角川書店の栄ある事業として、今後永久に継続発展せしめ、学芸と教養との殿堂として大成せんことを期したい。多くの読書子の愛情ある忠言と支持とによって、この希望と抱負とを完遂せしめられんことを願う。

一九四九年五月三日